双葉文庫

新・知らぬが半兵衛手控帖

招き猫

藤井邦夫

目次

招き猫

新・知らぬが半兵衛手控帖

江戸町奉行所には、与力二十五騎、同心百二十人がおり、南北合わせて三百人ほどの人数がいた。その中で捕物、刑事事件を扱う同心は所謂《いわゆる》〝三廻り同心〟と云い、各奉行所に定町廻り同心六名、臨時廻り同心六名、隠密廻り同心二名とされていた。

臨時廻り同心は、定町廻り同心の予備隊的存在だが職務は全く同じである。そして、定町廻り同心を長年勤めた者がなり、指導、相談に応じる先輩格でもあった。

第一話　三下仲間《さんした》

一

朝陽は雨戸の節穴《ふしあな》や隙間《すきま》から差し込み、煌《きら》めく埃《ほこり》を巻いていた。

北町奉行所臨時廻《りんじまわ》り同心白縫半兵衛《しらぬいはんべえ》は、煎餅蒲団《せんべいぶとん》の中で眼を覚まし手足を大きく伸ばした。そして、起き上がり、蒲団を片付けて障子《しょうじ》と雨戸を開けた。

朝の陽が一気に差し込んだ。

半兵衛は、眩《まぶ》しげに朝陽を眺《なが》めた。

近頃、半兵衛は廻《まわ》り髪結《かみゆい》の房吉《ふさきち》に起こされる事もなく眼が覚めるようになった。

歳の所為《せい》かな……。

半兵衛は苦笑し、手拭《てぬぐい》と房楊枝《ふさようじ》を持って井戸端に向かった。

廻り髪結の房吉は、半兵衛の日髪日剃《ひがみひぞり》を慣れた手付きで手際良く進めた。

半兵衛は眼を瞑《つぶ》り、月代《さかやき》を剃られ、髷《まげ》を結われる感触を楽しんだ。

「旦那。音次郎《おとじろう》、博奕打《ばくちう》ちから綺麗に足を洗ったんでしたね」

「ああ。昔、賭場《とば》の下手な如何様《いかさま》をばらして、簀巻《すまき》にされそうになって以来、探索でしか賽子《さいころ》は握らないと決めているよ」

その時、音次郎は半兵衛と半次《はんじ》に助けられ、半端な博奕打ちから足を洗って下《した》っ引《ぴき》になっていた。

「そうですか……」

「音次郎、どうかしたかい……」

「一昨日の夜、博奕打ちの明神《みょうじん》一家の三下《さんした》と湯島《ゆしま》の学問所の傍《そば》の小体《こてい》な飲み屋に入って行くのを見ましてね」

房吉は、半兵衛の髷を結いながら告げた。

「ほう。明神一家の三下とね……」

「ええ。今、博奕打ちや明神一家、秘かに探りを入れているってのは……」

「ないよ……」

「そうですか。じゃあ、半端な博奕打ちだった頃の三下仲間にでも逢ったんですかね」

房吉は読み、半兵衛の髷を元結《もとゆい》で結び始めた。

「かもしれないねえ……」

音次郎が明神一家の三下と……。

半兵衛は、微《かす》かな戸惑いを覚えていた。


八丁堀《はっちょうぼり》の組屋敷街は、南北両奉行所の同心たちが出仕《しゅっし》する刻限になった。

半兵衛は、迎えに寄った岡《おか》っ引《ぴき》の本湊《ほんみなと》の半次と下っ引の音次郎を従えて北町奉行所に向かった。

音次郎は、いつもと変わらず明るく威勢《いせい》良く、変わった様子は窺《うかが》えなかった。

房吉が見た明神一家の三下との拘《かか》わりは、大した事がないのかもしれない。

北町奉行所は、外濠《そとぼり》に架かっている呉服橋《ごふくばし》御門内にあった。

半兵衛は、半次や音次郎と北町奉行所の表門を潜《くぐ》った。

「よし。同心詰所《つめしょ》にちょいと顔を出し、大久保《おおくぼ》さまに見付から ぬ内に出て来る。腰掛で待っていてくれ」

半兵衛は、半次と音次郎に告げて同心詰所に急いだ。

半次と音次郎は、表門脇の腰掛で半兵衛が戻って来るのを待った。

「おお、半次と音次郎ではないか……」

北町奉行所吟味方《ぎんみかた》与力の大久保忠左衛門《ちゅうざえもん》が小者を従えて出仕して来た。

「此《これ》は大久保さま、おはようございます」

半次と音次郎は、慌《あわ》てて忠左衛門に挨拶《あいさつ》をした。

「うむ。此から半兵衛と市中見廻《みまわ》りか……」

「は、はい。左様《さよう》にございます……」

半次は緊張した。

「そうか。御苦労だな……」

忠左衛門は、細い筋張《すじば》った首を伸ばして半次と音次郎を労《ねぎら》った。

「半次、音次郎、大久保さまは、あっ……」

半兵衛は、忠左衛門が半次や音次郎と一緒にいるのに息を飲んだ。

「半兵衛、儂《わし》がどうかしたか……」

忠左衛門は、白髪眉《しらがまゆ》をひそめた。

「いえ、別に、おはようございます。ならば、市中見廻りに行って参ります」

半兵衛は慌てて云《い》い繕《つくろ》い、忠左衛門に一礼して半次と音次郎を促《うなが》し、表門に向かった。

「うむ。気を付けてな……」

忠左衛門は、機嫌良く見送った。

外濠には水鳥が遊び、幾つもの波紋が広がっていた。

半兵衛、半次、音次郎は、呉服橋御門から外濠沿いを一石橋《いちこくばし》に進んだ。

「大久保さまがいるとは思いもしなかったよ」

半兵衛は苦笑いをした。

「ええ。声を掛けて来られましてね。あっしたちも驚きましたよ。なあ……」

半次は、音次郎に同意を求めた。

「はい……」

音次郎は首を竦《すく》めた。

「ま、機嫌が良くて何よりだったな」

「ええ……」

「さあて、今日は神田《かんだ》明神《みようじん》から湯島天神。で、下谷《したや》広小路《ひろこうじ》に出て浅草《あさくさ》に廻るか半兵衛は、見廻りの道筋を告げた。

「……」

「承知しました……」

半次は頷《うなず》いた。

半兵衛は、日本橋川《にほんばしがわ》に架かっている一石橋を渡って竜閑橋《りゅうかんばし》に向かった。

竜閑橋から神田八《や》ツ小路《こうじ》に出て、神田川に架かっている昌平橋《しょうへいばし》を渡れば神田明神だ。

神田川に架かる昌平橋には、多くの人々が行き交っていた。

半兵衛は、昌平橋を渡って立ち止まり、不忍池《しのばずのいけ》に続く明神下の通りを眺めた。

「半兵衛の旦那……」

半次は、半兵衛に怪訝《けげん》な眼を向けた。

「うん。確か明神下の裏通りに博奕打ちの貸元《かしもと》の家があったな……」

「はい。明神一家ですか……」

「貸元は何て名前だ」

「確か寅五郎《とらごろう》って野郎です」

「寅五郎か。どんな奴かな……」

「さあ、詳しくは知りませんが。旦那、寅五郎が何か……」

半次は眉をひそめた。

「うん。ちょいと噂《うわさ》を聞いてね……」

「寅五郎、狡賢《ずるがしこ》い野郎ですよ」

音次郎は、腹立たしそうに告げた。

「知っているのか、音次郎……」

「はい。昔の三下仲間が明神一家にいましてね。ちょいと聞いた覚えがあります」

昔の三下仲間……。

一昨日の夜、音次郎が一緒に飲み屋に入った三下の事だ。

半兵衛は、房吉の言葉を思い出した。

「そうか。して、どんな風に狡賢いのだ……」

「大店《おおだな》の隠居や若旦那、金蔓《かねづる》になると思ったら最初は博奕に勝たせて儲《もう》けさせてどっぷりとのめり込ませ、それから、じわじわと負けさせて借金漬けにする。で、店の身代《しんだい》が無くなる迄《まで》、しゃぶり尽くすって寸法《すんぽう》ですよ」

音次郎は、腹立たしげに告げた。

「ほう。絵に描いたような悪辣《あくらつ》な貸元だな」

博奕打ちが金蔓を作る昔からの遣《や》り口《くち》に過《す》ぎない……。

半兵衛は苦笑した。

「はい……」

音次郎は頷いた。

「じゃあ、泣かされた人も多いんでしょうね」

半次は読んだ。

「おそらくな……」

半兵衛は頷いた。

「どうします。明神一家、ちょいと覗《のぞ》いてみますか……」

半次は、半兵衛の出方を窺《うかが》った。

「いや。誰かが訴え出た訳じゃあない。先走った真似は警戒させるだけだ」

半兵衛は、小さな笑みを浮かべて神田明神に向かった。

半次と音次郎は続いた。

音次郎が何か知っているなら云ってくる筈《はず》だ……。

半兵衛は、それとなく音次郎を窺った。

音次郎からいつもの明るさと威勢の良さが僅《わず》かに失せていた。

博奕打ちの明神一家に絡《から》んだ何かがある……。

半兵衛は睨《にら》んだ。


神田明神の境内《けいだい》は参拝客で賑《にぎ》わっていた。

半兵衛、半次、音次郎は、参拝客で賑わう神田明神の境内を見廻り、変わった事がないのを見定めて参道の茶店に入った。

「父《と》っつあん、茶を三つ頼むよ」

音次郎は、茶店の老亭主に注文した。

「はい。いらっしゃいませ……」

老亭主は、顔馴染《かおなじみ》の半兵衛たちをにこやかに迎えた。

半兵衛、半次、音次郎は、縁台《えんだい》に腰掛けて行き交う参拝客を眺めた。

様々な参拝客が行き交った。

「お待たせ致しました」

老亭主が半兵衛、半次、音次郎に茶を運んで来た。

半兵衛、半次、音次郎は茶を飲んだ。

「どうだ、父っつぁん。何か変わった事はないかな……」

半兵衛は、老亭主に尋ねた。

「別に此《これ》と云って……」

「そうか……」

「あっ。そう云えば半兵衛の旦那、昨日の夕暮れ時、博奕打ちの明神一家の連中が誰かを捜し廻っていましたよ……」

半兵衛は眉をひそめた。

「明神一家の連中が……」

老亭主は告げた。

「はい……」

「父っつぁん、明神一家の連中、誰を捜していたんだい……」

音次郎は尋ねた。

「そいつは分からないが、明神一家に何かが起こったんじゃあないかな」

老亭主は読んだ。

「うん……」

「何かがねえ……」

「旦那。ちょいと明神一家の様子、見て来ましょうか……」

音次郎は、微かな焦《あせ》りを滲《にじ》ませた。

「よし。じゃあ、ちょいと覗いて来て貰《もら》おうか……」

「はい……」

音次郎は、茶店から出て行こうとした。

「音次郎……」

半兵衛は呼び止めた。

「はい……」

音次郎は振り向いた。

「もし、明神一家に何があっても、決して早まった真似はするんじゃあない。いいな……」

半兵衛は、音次郎を見据えて命じた。

「承知しました。じゃあ……」

音次郎は駆け去った。

「旦那……」

半次は眉をひそめた。

「半次、音次郎は一昨日の夜、明神一家の三下と湯島の学問所傍の飲み屋に入ったのを、房吉が見掛けたそうだ」

「房吉の兄いが……」

「うむ……」

「それででしたか……」

半次は、昌平橋の袂《たもと》で博奕打ちの明神一家に触れた半兵衛に微かな違和感を抱《いだ》いていた。

「明神一家に起きた何かが、その三下と拘《かか》わりあるのかもしれない……」

半兵衛は睨んだ。

「ええ……」

半次は頷いた。

「よし。じゃあ俺たちも行ってみよう」

半兵衛は、半次を促して明神一家に向かった。

明神下の裏通りに明神一家はあった。

音次郎は、物陰から明神一家を窺った。
明神一家は腰高障子《こしだかしようじ》を閉めており、博奕打ちや三下たちが忙《せわ》しく出入りしていた。
何かが起きた……。
音次郎は睨んだ。
その何かに永吉《えいきち》は絡んでいるのか……。
忙しく出入りする博奕打ちや三下の中には、永吉はいない。
音次郎は、事の次第が分からなくて微かな焦りを覚えた。
明神一家から町医者が出て来た。
音次郎は、町医者を追った。
町医者は、明神下の通りに出て昌平橋に向かった。
音次郎は呼び止めた。
町医者は、怪訝な面持《おもも》ちで振り返った。
「ちょいと訊きたいんですが……」
音次郎は、懐《ふところ》の十手《じつて》を見せた。

「何かな……」

町医者は、辺りを見廻した。

「明神一家の誰かが病なんですか……」

音次郎は尋ねた。

「いや。貸元が怪我をしてな……」

町医者は囁《ささや》いた。

「貸元が怪我……」

「ああ。背中を刺されてな。ま、どうにか命は取り留めたが……」

町医者は眉をひそめた。

「刺したのが誰か、分かりますか……」

「さあ、そこ迄は良く分からないな」

町医者は首を捻《ひね》った。

永吉だ。

永吉が貸元の寅五郎を刺したのだ……。

音次郎の勘が告げた。

「そうですか。助かりました」

音次郎は、町医者に礼を云って不忍池に急いだ。

明神一家の前に音次郎はいなかった。

半兵衛は、物陰から見守った。

半次は、明神一家の周囲を廻って来た。

「音次郎、何処《どこ》にもいませんね」

半次は眉をひそめた。

「そうか。だが、明神一家に何かが起きたのは間違いない……」

半兵衛は、腰高障子を閉めている明神一家を見詰めた。

明神一家から博奕打ちが出て来た。

「ちょいと訊いてみますか……」

半次は、博奕打ちを示した。

「そうだな……」

「じゃあ……」

半次は、明神一家を出て裏通りを行く博奕打ちを追った。

半兵衛は続いた。

博奕打ちは、裏通りを進んで神田明神の裏手に向かった。

人通りは少ない……。

半次は見定め、足取りを速めて博奕打ちに追《お》い縋《すが》った。

「ちょいと待ちな……」

半次は、博奕打ちを呼び止めた。

博奕打ちは、怪訝な面持ちで振り返った。

「ちょいと訊きたい事がある。顔を貸して貰うよ……」

半次は、懐の十手を見せた。

「えっ……」

博奕打ちは、戸惑いを浮かべた。

半次は、構わず博奕打ちを路地に引《ひ》き摺《ず》り込んだ。

半兵衛が現れ、続いて路地に入った。

路地の奥には井戸があり、人気《ひとけ》はなかった。

博奕打ちは、半次と半兵衛に挟まれて怯《ひる》んだ。

「な、何ですかい……」

「お前、名前……」

半次は、博奕打ちを見据えた。

「丈八《じょうはち》……」

博奕打ちは、丈八と名乗った。

「丈八か。旦那……」

「うん。丈八、明神一家に何が起きているんだい……」

半兵衛は、丈八に笑い掛けた。

「えっ……」

「丈八、嘘偽《うそいつわ》りなく何もかも話せば、決して悪いようにはしない……」

「は、はい……」

丈八は、喉《のど》を鳴らして頷いた。

「何が起きているんだい……」

「実は昨日、寅五郎の貸元が三下に刺されましてね」

丈八は声を潜《ひそ》めた。

「貸元の寅五郎が三下に刺された……」

半兵衛は眉をひそめた。

「はい。ま、貸元、命は取り留めましたがね」

「そうか。して、刺した三下ってのは……」

「永吉って三下でしてね。逃げやがったんで皆で捜しているんですぜ」

「永吉……」

音次郎の昔の三下仲間……。

半兵衛は読んだ。

「ええ……」

「丈八、永吉は何故《なぜ》、貸元の寅五郎を刺したんだ」

「そいつは良く分かりません……」

丈八は首を捻った。

「分からない……」

半兵衛は眉をひそめた。

入谷《いりや》の鬼子母神《きしぼじん》の境内では、幼い子供たちが楽しげに笑いながら遊んでいた。

音次郎は、鬼子母神の前を足早に抜けて御切手町《おきってまち》に進んだ。

御切手町の片隅に古い長屋があった。

音次郎は、古い長屋と木戸を窺った。

明神一家の博奕打ちや三下と思われる者はいない……。

音次郎は見定め、古い長屋の奥の家に走った。


「永吉……」

音次郎は、腰高障子を開けて入った。

狭い家は薄暗く、蒲団や火鉢などの僅かな道具があるだけで誰もいなかった。

逃げ廻っている……。

三下仲間だった永吉は、博奕打ちから足を洗うのを貸元の寅五郎に許して貰えなかった。

そして、永吉は貸元の寅五郎を刺し、明神一家の博奕打ちたちに追われているのだ。

音次郎は読んだ。

此《こ》のままでは、永吉は明神一家の博奕打ちたちに捜し出され、嬲《なぶ》り殺しにされてしまう。

助けなければ……。

音次郎は焦った。

何《いず》れにしろ、永吉を明神一家の博奕打ちたちより先に見付けなければならない。

半兵衛の旦那と半次の親分に助けて貰うしかない……。

音次郎は決めた。

音次郎は、永吉の住む長屋を出た。

派手な半纏《はんてん》を着た二人の男が物陰から現れ、その内の一人が音次郎を追った。

鬼子母神の境内の大銀杏《おおいちょう》は、繁《しげ》った葉を風に鳴らしながら揺れていた。

二

博奕打ちの明神一家の貸元寅五郎は、三下の永吉に刺された。

三下の永吉は逃げ、寅五郎は辛《かろ》うじて命を取り留めた。

寅五郎は怒り狂い、博奕打ちや三下たちに永吉を捕らえて殺せと命じた。

永吉は、音次郎の昔の三下仲間なのだ。

半兵衛と半次は知った。

「それにしても永吉、どうして寅五郎を刺したんですかね……」

半次は首を捻った。

「さあな。ま、音次郎なら知っているかもしれぬな……」

「ええ。それにしても音次郎の奴、何処に行ったんですかね……」

半次は眉をひそめた。

「永吉が寅五郎を刺したと知り、博奕打ちたちより先に見付けようと、捜しているのかもしれぬ……」

半兵衛は読んだ。

「音次郎、永吉の家や立ち廻り先を知っていますか……」

「おそらくな……」

「無事に見付け出せれば良いんですけどね……」

半次は心配した。

「うん……」

半兵衛は頷き、厳しい面持ちで腰高障子を閉めている明神一家を眺めた。

下谷広小路は賑わっていた。
音次郎は、入谷から下谷広小路に戻り、明神一家に行こうとした。
明神一家の二人の博奕打ちが、音次郎の行く手を足早に横切って行った。
永吉が見付かったのか……。
音次郎は、不吉な予感に衝《つ》き上《あ》げられ、二人の博奕打ちを追った。
派手な半纏の男は、尚《なお》も音次郎を追った。

前を行く二人の博奕打ちは、下谷広小路を横切って上野町《うえのまち》二丁目に入った。
音次郎は追った。
永吉が立ち廻る処《ところ》が、上野町二丁目にあるとは聞いていない。
音次郎は微かな戸惑いを覚え、二人の博奕打ちを追った。
二人の博奕打ちは、上野町二丁目の片隅にある一膳飯屋の暖簾《のれん》を潜った。
一膳飯屋に永吉が潜《ひそ》んでいるのか……。
音次郎は、一膳飯屋の店内を窺った。
二人の博奕打ちは、酒を飲み始めていた。
永吉を追って来た訳じゃあない……。

音次郎は見定め、安堵《あんど》を覚えると共に拍子抜《ひょうしぬ》けした。そして、一膳飯屋から離れようとした。

物陰から見ていた男が素早く隠れた。

派手な半纏……。

音次郎は、素早く隠れた男の派手な半纏を見逃さなかった。

明神一家の博奕打ち……。

音次郎は眉をひそめた。

尾行《つけ》られていたのか……。

もし、そうなら入谷の永吉の住む古い長屋からなのだ。

入谷の古い長屋は、やはり明神一家の博奕打ちに見張られていたのだ。そして、永吉の家を訪れた音次郎の素性《すじょう》を突き止めようとしている。

どうする……。

音次郎は思いを巡《めぐ》らせた。

よし……。

音次郎は、気付かぬ振りをして下谷広小路に向かった。

派手な半纏を着た男は、音次郎を追った。

下谷広小路を抜けて不忍池に行き、人気のない畔《ほとり》で捕まえてやる……。

音次郎は、不忍池に向かった。

托鉢《たくはつ》坊主の読む経《きよう》が聞こえた。

雲海坊《うんかいぼう》さん……。

音次郎は、道端に並ぶ露店《ろてん》の端で経を読んでいる托鉢坊主が雲海坊だと気が付いた。

雲海坊は、岡っ引の柳橋《やなぎばし》の弥平次《やへいじ》の身内であり、半兵衛、半次、音次郎と昵《じっ》懇《こん》の仲だった。

音次郎は、微かな安堵を覚えた。

雲海坊は、古びた饅頭笠《まんじゆうがさ》を被《かぶ》って経を読んでいた。

音次郎は、経を読む雲海坊の前に進んだ。

雲海坊は、音次郎に気が付いた。

音次郎は、頭陀袋《ずだぶくろ》に小粒《こつぶ》を入れた。

「どうした……」

雲海坊は、音次郎に手を合わせながら短く囁いた。

「派手な半纏の野郎……」

音次郎は告げ、不忍池の畔に向かった。

雲海坊は、経を読みながら音次郎を見送った。

派手な半纏を着た男は、雲海坊を一瞥《いちべつ》して音次郎を追って行った。

雲海坊は、経を読みながら音次郎を追う派手な半纏を着た男に続いた。

風が吹き抜け、不忍池に小波《さざなみ》が走った。

畔を来た音次郎は、人気がないのを見定めて振り返った。

派手な半纏の男は、木立の陰に隠れる間もなく立ち止まった。

「俺に用か……」

音次郎は尋ねた。

「三下の永吉の立ち廻りそうな処、知っているなら教えて貰いたくてな……」

派手な半纏を着た男は凄《すご》んだ。

「明神一家の博奕打ちか……」

音次郎は睨み返した。

「ああ。お前は何処の誰だい……」

派手な半纏を着た男は、若い音次郎を馬鹿にしたような笑みを浮かべた。

雲海坊が経を読みながら現れた。

「何だ、坊主……」

派手な半纏を着た男は戸惑い、雲海坊を睨み付けた。

次の瞬間、雲海坊は錫杖《しゃくじょう》を唸《うな》らせた。

派手な半纏を着た男は、錫杖で頭を殴られて昏倒《こんとう》した。

音次郎は、気を失った派手な半纏を着た男に捕《と》り縄《なわ》を打った。

「此の野郎、確か明神一家の博奕打ちだな……」

「はい……」

音次郎は頷いた。

半兵衛と半次は、蕎麦屋《そばや》の小座敷に腰を据えて窓から斜向《はすむ》かいの明神一家を見守った。

托鉢坊主が、経を読みながら裏通りをやって来た。

「半兵衛の旦那……」

半次は、托鉢坊主を示した。

「ああ、雲海坊だ」

半兵衛は頷いた。

「呼んで来ます……」

半次は蕎麦屋を出た。

僅かな刻《とき》が過ぎ、半次が雲海坊を連れて来た。

「やあ。雲海坊……」

半兵衛は迎えた。

「半兵衛の旦那、お久し振りで……」

雲海坊は、日焼けした顔に皺《しわ》を刻んだ。

「うん。音次郎が世話になったようだな」

半兵衛は読んだ。

「いえ。明神一家の博奕打ちに尾行《つけ》られていましてね。ちょいと捕まえる手伝いをしただけですよ」

雲海坊は笑った。

「そいつは造作を掛けたな。礼を云うよ」

半次は、雲海坊に頭を下げた。

「お互い様ですよ、半次の親分……」

「よし。じゃあ、音次郎の処《ところ》に案内して貰おうか……」

半兵衛は、刀を手にして立ち上がった。


不忍池の畔に小さな古寺があった。

音次郎は、古寺の炭小屋を借りて派手な半纏を着た男を閉じ込めていた。

半兵衛と半次が、雲海坊に誘《いざな》われて炭小屋に入って来た。

「旦那、親分……」

音次郎は、半兵衛と半次の顔を見て安堵を浮かべた。

「音次郎、勝手な真似をして旦那に心配を掛けるんじゃあねえ」

半次は、音次郎を厳しく見据えた。

「昔の三下仲間の永吉が貸元の寅五郎を刺して逃げたと聞いて。申し訳ありません」

音次郎は詫《わ》びた。

「ま、いいさ。して音次郎、三下の永吉はいたのかな……」

半兵衛は笑った。

「それが、入谷の永吉の長屋に行ってみたんですがいませんでして、此《こ》の野郎が見張っていたんです」

音次郎は告げた。

「そうか。お前、名は何て云うんだ」

半兵衛は、派手な半纏を着た男を見据えた。

派手な半纏を着た男は、不貞腐《ふてくさ》れたような笑みを浮かべて横を向いた。

刹那《せつな》、頰《ほお》を張り飛ばす音が響き、派手な半纏を着た男が横倒しに倒れた。

「お前も叩けば埃の舞う博奕打ちだ。殺しに押し込み、辻強盗《つじごうとう》に騙《かた》り、強請集《ゆすりたか》りに持去《もちさ》り取逃《とりに》げ。ま、好きなのを選ぶんだね。どれでも気に入った罪科《つみとが》で始末してやるよ」

「そ、そんな……」

派手な半纏を着た男は、顔色を変えて恐怖に震えた。

「名無しの権兵衛って名前でな」

半兵衛は、楽しそうに笑った。

「名無しの権兵衛ですかい。そいつは良い。権兵衛、手前《てめえ》のような半端な博奕打ちを咎人《とがにん》にするなんぞ、造作もいらねえ事なんだぜ」

半次は笑い掛けた。

「ま、下手を踏んでお陀仏《だぶつ》になったら、拙僧が経を読んで引導《いんどう》を渡して進ぜよう。尤《もっと》も名無しの権兵衛が成仏《じょうぶつ》出来るかどうかは分からぬがな……」

雲海坊は、尤《もっと》もらしく云い放った。

「西蔵《とりぞう》です。あっしは西蔵って者です」

派手な半纏を着た男は、西蔵と名乗って観念したように項垂《うなだ》れた。

「ならば西蔵、三下の永吉は何故、貸元の寅五郎を刺したのだ」

半兵衛は訊いた。

「はい。聞く処によりますと、永吉が博奕打ちの足を洗いたいと貸元に願い出て、貸元が許さねえと云ったら……」

西蔵は告げた。

「永吉が刺して逃げたか……」

半兵衛は眉をひそめた。

「はい……」

西蔵は頷いた。

「で、寅五郎は逃げた永吉を捜し出して捕まえろと、お前たちに命じたんだな……」

　半次は念を押した。

「はい。で、あっしは梅助《うめすけ》と永吉の住む長屋に……」

「処《ところ》が永吉はいなく、見張っていたか……」

「はい。そうしたら、その兄いが……」

　西蔵は、音次郎を一瞥した。

「そうか。良く分かったよ西蔵……」

「じゃあ旦那……」

　西蔵は、半兵衛に縋《すが》る眼差しを向けた。

「ああ。取り敢えずは大番屋《おおばんや》に入って貰うが、悪いようにはしないよ」

　半兵衛は笑い掛けた。

「は、はい……」

　西蔵は項垂れた。

「処で音次郎、永吉がどうして足を洗いたくなったのか、お前、知っているね」

　半兵衛は、音次郎を見据えた。

　廻り髪結の房吉によれば、音次郎は一昨日の夜、永吉と湯島の学問所の傍の飲み屋に行っていた筈だ。

「はい……」

音次郎は頷いた。

「教えて貰おうか……」

「永吉、女に惚《ほ》れたんです」

音次郎は話し始めた。

「女に惚れた……」

「はい。で、博奕打ちから足を洗って堅気《かたぎ》にならないと、惚れた女が一緒にならないと。それで永吉……」

「貸元の寅五郎に足を洗わせてくれと頼んだ訳か……」

半兵衛は知った。

「俺が悪いんです……」

音次郎は項垂れた。

「どうして、お前が悪いんだ……」

半次は眉をひそめた。

「永吉、寅五郎は足を洗わせてくれる筈はないから惚れた女と逃げると云いました。ですが、俺はそんな真似をしたら生涯追い廻されて逃げ続けなきゃあならない。だから、寅五郎にきちんと話して許して貰えと勧めたんです。だから、だから俺が悪いんです……」

音次郎は悔《くや》み、己《おのれ》を責めた。

「音次郎、お前の云う通りだ。お前は間違っちゃあいない」

「旦那……」

「音次郎、無事に永吉に足を洗わせ、惚れた女と一緒にさせてやるんだな……」

半兵衛は微笑んだ。

半兵衛は、駆け付けた下っ引の幸吉《こうきち》に酉蔵を大番屋に繋《つな》ぐように頼んだ。

幸吉は快《こころよ》く引き受け、雲海坊を助っ人に残し、手先の勇次《ゆうじ》と酉蔵を大番屋に引き立てて行った。

「よし。じゃあ音次郎、雲海坊に付き合って貰い、永吉が立ち廻りそうな処《ところ》を洗いな。私は半次と明神の寅五郎に逢い、永吉から手を引けと釘を刺してくる」

「旦那。博奕打ちの貸元が手前の三下に刺されて黙って引っ込んだら渡世《とせい》の笑い者。大人しく云う事を聞きますかね」

半次は眉をひそめた。

「聞く筈はないだろうな。だが、その方が後々始末し易《やす》くなるさ……」

半兵衛は苦笑した。

明神一家は腰高障子を閉めていた。

半次は、腰高障子を勢い良く開けた。

土間にいた三下たちが驚き、弾かれたように立ち上がった。

「邪魔をするぜ……」

半次は、土間に踏み込んだ。

「何だ手前……」

三下たちは、半次を取り囲んだ。

「貸元の寅五郎に逢わせて貰おうか……」

半兵衛が入って来た。

三下たちは、巻羽織《まきばおり》の半兵衛を見て怯《ひる》んだ。

「寝ているんだろう、寅五郎……」

半次は、家の奥を覗き込んだ。

「よし。じゃあ、上がらせて貰うよ」

半兵衛は框《かまち》に上がった。

「へ、へい……」

「お前が貸元の寅五郎か……」

貸元の寅五郎は背中に晒《さら》しを巻き、幾重にも折り畳んだ蒲団に抱き付いていた。

半兵衛は苦笑した。

「ええ、旦那は……」

寅五郎は、苛立《いらだ》たしげに半兵衛と半次を睨み付けた。

「私は北町奉行所臨時廻り同心の白縫半兵衛。こっちは本湊の半次だ……」

「北町の白縫の旦那……」

「ああ。寅五郎、お前、三下の永吉に刺されたそうだな」

半兵衛は笑い掛けた。

「だったら、どうだってんですかい……」

寅五郎は眉をひそめた。

「手を引いて貰おうか、お前を刺した三下の永吉から……」

半兵衛は告げた。

「白縫の旦那……」

寅五郎は、怒りに声を震《ふる》わせた。

「永吉を捜し廻っている博奕打ちや三下の皆を呼び戻してな……」

「冗談じゃありませんぜ。白縫の旦那。こんな姿にされて黙っていられますか……」

寅五郎は熱《いき》り立った。

「だから永吉は、私たち北町奉行所がお縄にして裁きに掛け、罪を償《つぐな》わせる。余計な手出しはするんじゃない……」

「さあ、どうなりますか……」

寅五郎は、不満げに云い放った。

「そうか。ま、良い。寅五郎、足を洗いたがっている永吉の身に何かあれば、お前も只《ただ》では済まない。それだけは忠告しておくよ」

半兵衛は、寅五郎を厳しく見据えた。

半兵衛と半次は、物陰に入って明神一家を眺めた。

明神一家から博奕打ちや三下たちが駆け出して行った。

「寅五郎の野郎、旦那の忠告、聞く気はないようですね」

半次は、嘲《あざけ》りを浮かべた。

「ああ。そうしてくれた方がこっちも遣《や》り易《やす》いさ……」

半兵衛は苦笑した。


隅田川《すみだがわ》は緩《ゆる》やかに流れ、様々な船が行き交っていた。

音次郎と雲海坊は、浅草広小路から花川戸町《はなかわどまち》に向かった。

浅草山之宿《やまのしゅく》、山之宿六軒町《ろっけんちょう》、金龍山下瓦町《きんりゅうざんしたかわらまち》を通り、山谷堀《さんやぼり》に架かっている今戸橋《いまどばし》を渡って浅草今戸町に入った。

今戸町には寺の連《つら》なりがあり、門前には墓に供《そな》える花や線香を売る茶店があった。

音次郎は、路地に潜んで斜向かいの茶店を眺めた。

「あの茶店の娘か……」

雲海坊は、音次郎の眺めている茶店を窺った。

「はい。あっしも一度しか逢った事がないんですが、あの茶店のおくみって娘です」

音次郎は告げた。

「おくみか……」

雲海坊は茶店を窺った。

茶店の店内には誰もいなかった。

「音次郎、明神一家の奴らも永吉とおくみが恋仲だったのを知っているのかな……」

雲海坊は、茶店の周囲を見廻した。

「さあ、そこ迄はどうですか……」

音次郎は、微かな不安を滲ませた。

「そうか……」

明神一家の博奕打ちたちが、茶店の周囲に潜んでいる様子はない……。

雲海坊は見定めた。

「よし。俺が茶店を覗いて来る。音次郎、お前は此処《ここ》にいな」

茶店の周囲に潜んでいなくても、店の奥にいておくみを人質《ひとじち》にして永吉を待ち構えているかもしれない……。

雲海坊は見定めるつもりだ。

「は、はい……」

音次郎は、喉を鳴らして頷いた。

雲海坊は錫杖の鐶《かなわ》を鳴らし、経を読みながら茶店に向かった。

音次郎は、心配そうに見送った。

三

茶店は墓に供える花も売っており、店内には誰もいなかった。

「邪魔をする。誰かおらぬか……」

雲海坊は、誰もいない店内の奥に叫んだ。

「はあい。只今《ただいま》……」

若い女の返事がし、奥から赤い片襷《かただすき》をした娘が出て来た。

おくみか……。

雲海坊は見定めた。

「いらっしゃいませ……」

おくみは、雲海坊を笑顔で迎えた。

「うん。茶を貰おうか……」

笑顔に嘘偽りはない……。

雲海坊は、おくみの笑顔を見て脅されてはいないと見定めた。

「はい。只今……」

おくみは、奥の茶汲場《ちゃくみば》に入って行った。

雲海坊は、それとなく奥の様子を窺った。

「お祖父《じい》ちゃん……」

おくみは、茶汲場の奥にある部屋に声を掛けていた。

部屋からおくみの祖父と思われる老亭主が現れ、茶汲場で茶を淹《い》れ始めた。

明神一家の博奕打ちが、奥の部屋に潜んでいる気配はない。

雲海坊は見定めた。

「お待たせ致しました」

おくみは、雲海坊に茶を持って来た。

「うん。良い天気だね……」

雲海坊は、茶を啜《すす》りながらおくみに話し掛けた。
「はい……」
おくみは、眩《まぶ》しげに空を見上げて笑顔を見せた。
笑顔に屈託《くったく》はない……。
おくみは、恋仲の永吉が貸元の寅五郎を刺して追われているのを知らないのだ。
そして、それは逃げ廻っている永吉が未《ま》だおくみの許に現れていない証《あかし》なのだ。
雲海坊は見定め、茶を啜りながら茶店の前を見廻した。
斜向かいの路地に音次郎の姿が見えた。
音次郎は、長閑《のどか》に茶を飲む雲海坊を眺めた。
茶店とおくみや祖父に変わった様子はないのだ。
明神一家の博奕打ちたちは、おくみの処に来ていない。
それは、永吉とおくみが恋仲なのを知らないからだ。
音次郎は、微かな安堵を覚えた。

雲海坊は、おくみと他愛の無い話をしながら行き交う人を窺った。
明神一家の博奕打ちらしい者はいない……。
雲海坊は、向かい側の路地から見詰める視線を感じた。
音次郎が心配している……。
雲海坊は、見詰める視線の主がいる路地を見た。
菅笠《すげがさ》を被った百姓が、素早く路地に引っ込んだ。
音次郎じゃあない……。
雲海坊は、斜向かいの路地にいる音次郎に気が付いた。
じゃあ、路地に引っ込んだ菅笠を被った百姓は誰なのだ。
永吉なのか……。
雲海坊は、路地を窺った。
菅笠を被った百姓は、路地に潜んだままだった。
雲海坊は、斜向かいの路地にいる音次郎に目配《めくば》せをした。
音次郎は、戸惑いを浮かべて雲海坊を見詰めた。

どうした……。
音次郎は、茶を飲みながら目配せをする雲海坊を見詰めた。
雲海坊は、何気ない面持ちで音次郎の隣の路地に目配せしていた。
隣の路地に何かがあるのか……。
音次郎は、雲海坊の目配せを読もうとした。
永吉か博奕打ちがいるのか……。
音次郎は気が付き、横の路地を窺おうと奥に急いだ。
雲海坊は、菅笠の百姓の潜む路地を眺めた。
路地に潜んでいた菅笠の百姓は、雲海坊の様子に気が付き、路地の奥に身を翻《ひるがえ》した。
音次郎が間に合えば良いのだが……。
雲海坊は見送った。
音次郎は路地を出た。そして、雲海坊が目配せをした隣の路地に走った。
次の瞬間、隣の路地から菅笠の百姓が駆け出して来て隅田川に向かった。

野郎……。

音次郎は追った。

隅田川沿いの道には、僅かな人が行き交っていた。

家並みの間を駆け抜けて来た菅笠の百姓は膝から崩れ、激しく乱れた息を鳴らした。

追って現れた音次郎が、息を鳴らしている菅笠の百姓に飛び掛かった。

菅笠の百姓は抗《あらが》った。

「手前、明神一家の博奕打ちか……」

音次郎は怒鳴り、殴り掛かった。

「や、止めろ、音次郎。俺だ、永吉だ……」

菅笠の百姓は叫んだ。

「永吉……」

音次郎は戸惑った。

「ああ……」

菅笠を取った百姓は永吉だった。

「永吉、良かった。無事で良かった……」

音次郎は、安堵に衝き上げられ、その場に座り込んだ。

「音次郎……」

「永吉、お前、寅五郎や明神一家の奴らにおくみさんの事は云っていねえんだな」

音次郎は問い質《ただ》した。

「それが、三下仲間と酒を飲んだ時、云ったかもしれねえし、良く覚えちゃあいねえんだ」

永吉は、不安げに顔を歪《ゆが》めた。

「そうか。今の処はおくみさんたちや茶店に変わった事はないようだぞ」

音次郎は安心させた。

「良かった……」

永吉は安堵した。

「うん。処《ところ》で永吉、寅五郎、足を洗わせちゃあくれなかったんだな」

「ああ。どうしても洗いたいなら、五十両耳を揃《そろ》えて持って来いと抜かしやがったんだ」

「ああ。寅五郎の野郎、俺が五十両を用意出来ねえと見て、馬鹿にして笑いやがった。それで俺、思わずかっとして……」

永吉は項垂れた。

「寅五郎を後ろから刺したのか……」

「ああ。それで俺は我に返り、此《こ》のままじゃあ、簀巻《すまき》にされて嬲り殺しにされると思って……」

「逃げたのか……」

音次郎は眉をひそめた。

永吉は震えた。

「ああ……」

永吉は頷いた。

「で、永吉、此《これ》からどうするつもりだ」

音次郎は尋ねた。

「おくみちゃんの無事な姿を見た限り、もう思い残す事はねえ。寅五郎がどうしても俺を殺《や》るって云うなら、今度こそ息の根を止めてやる……」

永吉は昂《たか》ぶり、声を激しく震わせた。

「落ち着け、永吉。そこ迄覚悟しているのなら、俺の親分と旦那の処に行こう」

「半次の親分さんと、知らん顔の半兵衛の旦那の処にか……」

永吉は、半兵衛と半次の事を音次郎から聞いていた。

「ああ。親分と旦那、お前を心配して明神一家の奴らを締め上げ、寅五郎にお前から手を引けと釘を刺してくれている……」

「半次の親分と知らん顔の旦那が……」

永吉は、戸惑いを浮かべた。

「ああ。親分と旦那は、永吉、お前が無事に足を洗えるようにしてくれようとしているんだぜ」

「音次郎……」

「永吉、俺の旦那と親分を信じろ……」

「分かった……」

永吉は、覚悟を決めて頷いた。

「うん……」

音次郎は、嬉《うれ》しげに笑った。

「そいつは良い思案だな……」

雲海坊が背後に来ていた。

永吉は、思わず身構えた。

「永吉。此方《こちら》は柳橋の弥平次親分さんの身内の雲海坊さんだ。心配はいらねえ」

音次郎は、永吉を落ち着かせた。

「永吉、おくみさんと祖父さんは、俺が引き受けた。心配するな」

雲海坊は、永吉に笑い掛けた。

永吉は、雲海坊が茶店で茶を飲んでいた托鉢坊主だと気が付いた。

「雲海坊さん、宜しくお願いします」

永吉は、雲海坊に深々と頭を下げた。

「ああ。引き受けた。それから音次郎、先《ま》ずは柳橋の親分の処に行きな」

「柳橋の親分ですか……」

「そうすれば、知らん顔の旦那や半次の親分と繋《つな》ぎを取ってくれるだろう。それから北町奉行所に行くんだな……」

雲海坊は告げた。

「分かりました。そうします。じゃあ……」

音次郎は、雲海坊に頭を下げて永吉を促し、浅草広小路に向かった。
雲海坊は見送り、おくみと祖父の茶店に急いで戻った。

浅草広小路を横切り、蔵前《くらまえ》の通りを神田川に架かっている浅草御門に向かって進む。そして、神田川に出て大川に進めば柳橋になり、弥平次のいる船宿『笹舟《ささぶね》』がある。

音次郎と永吉は、辺りに油断なく眼を配って浅草花川戸町の通りを進んだ。
明神一家の博奕打ちと三下たち、そして寅五郎の息の掛かった者が何処にいるか分からない。

音次郎と永吉は、花川戸町の通りから浅草広小路の雑踏に向かった。
浅草広小路は、金龍山浅草寺《せんそうじ》の参拝客と隅田川に架かる吾妻橋《あづまばし》で本所《ほんじょ》に行き交う者で賑わっていた。
音次郎と永吉は足早に雑踏を抜け、浅草広小路を横切って大川沿いの道に進んだ。

大川はゆったりと流れていた。

音次郎と永吉は、蔵前通りではなく吾妻橋の西詰から材木町《ざいもくちょう》と大川の間の道を進んだ。

竹町之渡《たけちょうのわたし》から駒形堂《こまがたどう》……。

音次郎と永吉は、駒形堂の傍を通り抜けた。

駒形堂の傍の一膳飯屋から出て来た二人の男が、永吉に気が付いた。

「野郎、明神一家の永吉だ……」

「ああ。捕まえて寅五郎の処に連れて行けば五両だ」

二人の男は、明神一家の貸元寅五郎の息の掛かった博奕打ちだった。

明神の寅五郎は、永吉の身柄に五両の賞金を懸け、江戸の博奕打ちたちに触《ふ》れを廻していたのだ。

「追うぜ……」

二人の博奕打ちは、音次郎と永吉を追った。

音次郎と永吉は、大川沿いの道を柳橋に急いだ。そして、諏訪町《すわちょう》に進んだ時、路地から二人の博奕打ちが出て来た。

音次郎と永吉は身構えた。

「永吉、寅五郎の貸元が待っている。一緒に来な……」

博奕打ちは薄笑いを浮かべた。

「冗談じゃあねえ……」

永吉は、二人の博奕打ちを暗い眼で見据え、懐の匕首《あいくち》を握った。

「何処の博奕打ちか知らねえが、永吉に手出しをしたら只じゃあ済まねえぜ」

音次郎は、懐から十手を出して構えた。

「ふん。十手が怖くて博奕打ちをやってられるか……」

二人の博奕打ちは、嘲笑を浮かべて匕首を抜いて構えた。

永吉が匕首を抜いた。

「永吉、大人しくしな……」

二人の博奕打ちは、匕首を構えて永吉と音次郎に迫った。

音次郎は、呼《よ》び子笛《こぶえ》を吹き鳴らした。

呼び子笛の甲高《かんだか》い音が鳴り響いた。

二人の博奕打ちは怯《ひる》んだ。

「永吉……」

音次郎は、永吉を促して逃げた。

二人の博奕打ちは慌てて追った。

音次郎と永吉は逃げた。


大川から来た荷船は、船宿『笹舟』の船着場に着いた。

船頭は荷船を船着場に繋ぎ、船宿『笹舟』に駆け込んだ。


「雲海坊からの繋ぎだと……」

柳橋の弥平次は、幸吉と勇次を従えて居間から店先に出て来た。

「ええ。此方が届けてくれましたよ……」

若女将《わかおかみ》のお糸《いと》は、船頭を示しながら結び文を差し出した。

「そいつは造作を掛けたね。お糸……」

弥平次は礼を述べ、お糸に目配せをした。

「はい……」

お糸は、船頭に心付《こころづ》けを渡した。

弥平次は、雲海坊からの結び文を読んだ。

「親分……」

幸吉と勇次が指図を待った。

「幸吉、音次郎が永吉を連れて浅草今戸から此処《ここ》に向かっている。由松《よしまつ》や勇次と迎えに行ってくれ。俺は半兵衛の旦那に報《しら》せる」

弥平次は命じた。

「承知……」

幸吉と勇次は、『笹舟』から飛び出して行った。

「お糸、出掛けるぜ」

弥平次は居間に戻り、羽織を着て縁起棚《えんぎだな》の十手を取った。

大川沿いに並ぶ浅草御蔵は、公儀の米蔵で五十万石の米が収蔵出来た。

音次郎と永吉は、二人の博奕打ちを撒《ま》いて浅草御蔵の傍の御厩河岸《おんまやがし》に逃げ込み、物陰に隠れた。

二人の博奕打ちが追って現れ、辺りを見廻した。

音次郎と永吉は、物陰で息を潜めて見守った。

二人の浪人が現れ、二人の博奕打ちと合流した。

四人は、永吉と音次郎を捜し始めた。

「音次郎……」

永吉は、不安を過《よ》ぎらせた。

「ああ。下手に動けねえ……」

音次郎は、焦りを滲ませた。

「くそ……」

永吉は苛立った。

「永吉、万一の時は、俺に構わず柳橋の笹舟って船宿に逃げろ」

音次郎は、博奕打ちや浪人たちを見詰めて告げた。

「音次郎、お前……」

永吉は眉をひそめた。

「俺の事は心配要らねえ……」

音次郎は、喉を鳴らして十手を握り締めた。

蔵前の通りは多くの人が行き交っていた。

幸吉は、由松や勇次と浅草広小路に向かって進み、新堀川《しんぼりがわ》に架かっている鳥越《とりごえ》橋《ばし》に差し掛かった。

「勇次……」

幸吉は立ち止まった。

「どうしました、幸吉の兄貴……」

勇次は、幸吉に怪訝な眼を向けた。

「うん。浅草から来る人たちを見る限り、途中で何か騒ぎに出遭ったようには見えないな」

幸吉は眉をひそめた。

「えっ……」

由松と勇次は、浅草から来て擦《す》れ違《ちが》って行く人々の様子を眺めた。

擦れ違う人々は、怯えたり足取りを乱したり、取り立てて変わった様子は窺えなかった。

「そう云えばそうですね……」

勇次は頷いた。

「って事は、音次郎と永吉、此の蔵前通りじゃあない道で来るのかな……」

由松は読んだ。

「ああ。人目を避けてな……」

幸吉は頷いた。

「それに、浅草から来る人に変わった様子がないのは、未だ無事だって証ですかい……」

由松は睨み、人の行き交う蔵前の通りを眺めた。

「きっとな……」

幸吉は頷いた。

「じゃあ、浅草御蔵を過ぎたら御厩河岸や堀田原《ほったわら》の馬場にも廻ってみますか……」

「ああ。そうしよう……」

幸吉は頷いた。


「そうか。音次郎、永吉を見付けて一緒に北町奉行所に向かっているか……」

半兵衛は頷いた。

「はい。雲海坊によれば、途中で笹舟に寄る手筈になっているそうです」

弥平次は、明神一家の向かい側の蕎麦屋にいる半兵衛と半次の許に来た。

「そいつは良いな……」

「それで、幸吉たちを迎えにやりました」

「造作を掛けて済まないな、柳橋の……」

半兵衛は、弥平次に詫《わ》びた。

「いいえ。旦那、お互い様ですよ」

弥平次は笑った。

「よし、半次。明神一家の見張りは私が引き受けた。お前は笹舟に行くんだな」

半兵衛は、小さな笑みを浮かべて命じた。

浅草御蔵の傍の御厩河岸には、二人の博奕打ちと二人の浪人が立ち去らずにいた。

音次郎と永吉は、物陰に隠れたままでいた。

「野郎、何をしていやがるんだ……」

永吉は苛立った。

「落ち着け、永吉……」

音次郎は制した。

博奕打ちが現れ、二人の博奕打ちと二人の浪人の許に駆け寄った。

「丈八の兄貴……」

永吉は、現れた博奕打ちを見詰めた。

「野郎、丈八って明神一家の博奕打ちか……」

音次郎は尋ねた。

「ああ……」

音次郎と永吉は、丈八たちを見守った。

丈八は、二人の博奕打ちと二人の浪人に何事かを云い残して駆け去った。

「丈八の兄貴、寅五郎たちに報せに行ったのかな……」

永吉は読んだ。

「きっとな……」

「音次郎……」

「永吉、此のままじゃあ危ねえな……」

音次郎は、焦りを露《あら》わにした。

四

刻は過ぎた。

「永吉、此のままじゃあ逃げるのが難しくなるばかりだ。さっき云った通り、お前は柳橋の笹舟って船宿に行け……」

音次郎は告げた。

「音次郎……」

永吉は眉をひそめた。

「あいつらは俺が何とかする……」

音次郎は云い放った。

「そんな。音次郎、お前一人で四人を相手にするなんて、無理に決まっている」

「大丈夫だ。お前が逃げれば、少なくとも一人は追い掛ける。俺は三人相手にすればいいさ……」

音次郎は笑った。

「成る程《なるほど》、そして、俺が追って来る一人を片付ければ良いか……」

永吉は苦笑した。

「ああ……」

「だが、そうはいかねえ。逃げる時は一緒だ」

永吉は、厳しい面持ちで音次郎を睨んだ。

「分かった。じゃあ早い方が良い。行くぞ」

音次郎は、物陰から走り出た。

永吉は続いた。

「いたぞ……」

博奕打ちが叫んだ。

二人の浪人と二人の博奕打ちは、逃げる音次郎と永吉を追った。

音次郎は振り返り、追い縋る博奕打ちの一人を十手で殴り飛ばした。

殴られた博奕打ちは、悲鳴をあげて倒れた。

「逃げろ、永吉……」

音次郎は叫び、残る博奕打ちと二人の浪人の前に立《た》ち塞《ふさ》がった。

「退《ど》け……」

二人の浪人は凄《すご》んだ。

「いいや。退かねえ」

音次郎は、十手を構えた。

「音次郎……」

永吉は、逃げるのを迷い躊躇《ためら》った。

「永吉、良いから早く逃げろ……」

音次郎は怒鳴った。

「済まねえ……」

永吉は、身を翻して逃げた。

音次郎は、微かな安堵を過《よ》ぎらせた。

「氷川《ひかわ》の旦那……」

博奕打ちが、浪人の一人に指示を仰《あお》いだ。

「島田《しまだ》、庄助《しょうすけ》、永吉を捕まえろ」

氷川と呼ばれた浪人は命じた。

浪人の島田と残る博奕打ちの庄助は、永吉を追った。

「待て……」

音次郎は、慌てて島田と庄助を追い掛けようとした。

刹那、氷川は音次郎に抜き打ちの一刀を浴びせた。

音次郎は、肩を斬られて血を飛ばし、前のめりに倒れ込んだ。

「十手持ちを生かしておけば後が面倒だ。死んで貰うぞ」

氷川は、音次郎に刀を突き付けて迫った。

音次郎は、倒れたまま十手を構えて後退《あとずさ》りした。

氷川は、残忍な笑みを浮かべて刀を構えた。

「音次郎……」

幸吉、由松、勇次が現れ、素早く氷川を取り囲んだ。

「こ、幸吉さん、由松さん、勇次の兄貴……」

音次郎は安堵を浮かべ、肩から血を流しながら懸命に立ち上がろうとした。

「野郎……」

由松は、懐に手を入れた。

勇次は万力鎖《まんりきぐさり》を廻し、幸吉は十手を構えて氷川に迫った。

「斬り棄ててくれる」

氷川は、刀を構えて云い放った。

「出来るかな……」

由松は笑い、氷川との間合いを無雑作に詰めて目潰しを投げた。

氷川は顔に目潰しを受け、黄色い粉を舞いあげて仰《の》け反《ぞ》った。

勇次が万力鎖を放った。

万力鎖の分銅《ふんどう》は、唸《うな》りをあげて氷川の刀を握る手を激しく打った。

手の骨の折れる音が鳴り、刀が地面に落ちて転がった。

幸吉が襲い掛かり、氷川を十手で容赦なく打ちのめした。

氷川は気を失った。

由松が、氷川に捕り縄を打った。

「大丈夫か、音次郎……」

幸吉は、音次郎の肩の傷を検《あらた》めた。

「こ、幸吉さん、永吉を……」

音次郎は、乱れた息を鳴らした。

「永吉はどうしたんだ」

「はい。博奕打ちと浪人に追われて。助けてやって下さい……」

音次郎は、苦しげに顔を歪めて頼んだ。

「よし。由松、音次郎は俺が医者に連れて行く。勇次と追え」

幸吉は告げた。

「承知……」

由松と勇次は、永吉を捜しに走った。

「幸吉さん……」

音次郎は、嗄《しやが》れ声を引《ひ》き攣《つ》らせた。

「心配するな、音次郎。永吉は助かるさ。それよりお前の肩の傷だ……」

幸吉は、音次郎を落ち着かせて肩の傷を検めた。

音次郎は、激痛に呻《うめ》き声を洩らした。

肩の傷から血が流れ続けていた。


由松と勇次は、御厩河岸から蔵前の通りに永吉を捜した。

だが、何処を捜しても、永吉と追手の博奕打ちや浪人らしい者はいなかった。

永吉は、既に博奕打ちや浪人に捕らえられたのか……。

由松と勇次は焦った。

「由松の兄い。永吉、もしかしたら笹舟に逃げ込んだのかも……」

勇次は、微かな望みを抱いた。

「だったら良いんだがな……」

由松は眉をひそめた。

「由松、勇次……」

半次が駆け寄って来た。

「半次の親分……」

由松と勇次は、半次を迎えた。

「音次郎と永吉はいたか……」

「はい。音次郎は深手《ふかで》を負いましたが、幸吉の兄貴が医者に連れて行った筈です」

「音次郎が深手……」

「はい。肩を斬られて……」

「そうか。で、永吉は……」

「逃げて。笹舟かもしれません」

勇次は告げた。

「勇次、俺は笹舟から来たんだが、永吉は来ちゃあいない……」

半次は眉をひそめた。

「じゃあ、まさか……」

永吉は、博奕打ちと浪人に捕まって明神一家に連れ去られたのかもしれない。

由松と勇次は、緊張を滲ませた。

「よし。由松、勇次、界隈《かいわい》で騒ぎがなかったか聞き込みを掛けるんだ」

半次は命じた。

蕎麦屋の小部屋の窓の外には、腰高障子を閉めた明神一家が見えた。

弥平次は半兵衛の許に残り、窓から明神一家を見張っていた。

浪人や博奕打ちと一緒に来た町駕籠《まちかご》は、明神一家の腰高障子の前に停まった。

「旦那……」

弥平次は、眉をひそめて半兵衛を呼んだ。

「どうした、柳橋の……」

半兵衛は、弥平次に並んで窓から明神一家を眺めた。

浪人と博奕打ちは、町駕籠から縛りあげた若い男を引《ひ》き摺《ず》り出し、明神一家に連れ込んだ。

「旦那……」

弥平次は眉をひそめた。

「うん。永吉、捕まったようだね」

半兵衛は事態を読んだ。

「はい……」

「さあて、行くよ……」

半兵衛は、刀を手にして蕎麦屋の小部屋を出た。

縛られた永吉は、突き飛ばされて土間に倒れ込んだ。

その顔には殴られた痕《あと》があり、着物は汚れて引き裂かれていた。

浪人の島田と博奕打ちの庄助は、嘲笑《あざわら》いながら永吉を見下ろしていた。

貸元の寅五郎は、二人の三下に介添《かいぞ》えされて奥から出て来た。

「永吉……」

寅五郎は、框から倒れている永吉を睨み付けた。

永吉は顔を背《そむ》けた。

「三下の分際で舐めた真似をしやがって、よくも恥を掻《か》かせてくれたな……」

寅五郎は、怒りを露わにした。

「殺せ。さっさと殺せ……」

永吉は、悔しげに叫んだ。

「煩《うる》せえ……」

寅五郎は、傍《かたわ》らにあった煙草盆《たばこぼん》を永吉に投げ付けた。

煙草盆は永吉の肩に当たり、灰を撒き散らして土間に落ちた。

「心配するな、永吉。手前に云われなくてもぶち殺してやる。島田さん、庄助、嬲り殺しにしてくれ……」

寅五郎は、残忍な笑みを浮かべて浪人の島田と博奕打ちの庄助を促した。

「心得た。庄助……」

島田は、庄助を促した。

「へい……」

庄助は、倒れている永吉を乱暴に引き摺り起こした。

島田は、引き摺り起こされた永吉に楽しそうに笑い掛け、刀を抜いた。

鈍色《にびいろ》の輝きが放たれた。

永吉は、覚悟を決めて眼を瞑《つぶ》った。

「良い覚悟だ……」

島田は、永吉の頰に刀の刃《やいば》を押し付けた。

寅五郎は、喉を鳴らして嬉しげに見守った。

島田は、永吉の頰に押し付けた刀を引こうとした。

刹那、激しい音が鳴り、腰高障子が破れて外れ飛んだ。

寅五郎、島田、庄助、二人の三下は驚いた。
永吉は眼を瞠《みは》った。
半兵衛が踏み込んで来た。
「お、おのれ……」
島田は、狼狽《うろた》えながらも半兵衛に斬り掛かった。
半兵衛は、僅かに腰を沈めて刀を抜き打ちに放った。
閃光が走った。
島田は凍《い》て付《つ》き、胸元に血を滲ませて前のめりに倒れた。
鮮やかな一刀だった。
永吉は眼を瞠り、寅五郎は恐怖に震えた。
半兵衛は、永吉を押さえていた庄助に向かって進んだ。
庄助は、慌てて永吉の傍から後退《あとずさ》りした。
弥平次が永吉に駆け寄り、助け起こして半兵衛の背後に退けた。
「やあ。寅五郎……」
半兵衛は、寅五郎に笑い掛けた。
「し、白縫の旦那……」

寅五郎は、島田を斬り棄てた半兵衛の凄まじさに恐怖し、喉を引き攣らせて嗄《しゃが》れ声を震わせた。

「寅五郎、永吉の身に何かあったら只じゃあ済まないと云った筈だ」

半兵衛は、寅五郎を厳しく見据えた。

「は、はい……」

寅五郎は、恐怖に激しく震えながら頷いた。

「ならば、只で済まないのを承知で永吉を嬲り殺しにしようとしたのだな……」

半兵衛は念を押した。

「だ、旦那……」

寅五郎は、背中の刺された傷も忘れて後退りをした。

「明神の寅五郎、此迄《これまで》だね……」

半兵衛は、苦笑しながら框に上がった。

刀の鋒《きっさき》から血が滴《したた》り落ちた。

「お、お許しを。どうか、お許しを……」

寅五郎は蹲《うずくま》り、床に額《ひたい》を擦《こす》り付けて必死に詫びた。

「半兵衛の旦那……」

半次と幸吉が、由松や勇次を従えて入って来た。

「やあ……」

半兵衛は刀を引いた。

「柳橋の。寅五郎たち博奕打ちをお縄にして大番屋に叩き込んでくれ。それからその浪人は急所を外して斬ったつもりだ。医者に診せてやってくれ」

半兵衛は頼んだ。

「承知しました。幸吉……」

弥平次は頷き、幸吉を促した。

幸吉は、寅五郎に捕り縄を打った。そして、由松と勇次は庄助と三下たちを捕らえた。

「お前が永吉だね……」

半兵衛は、永吉に笑い掛けた。

永吉は、既に弥平次によって縄を解かれて隅に佇《たたず》んでいた。

「はい。白縫さま、半次の親分さん、音次郎は、音次郎は無事ですか……」

永吉は、緊張した面持ちで尋ねた。

「ああ。肩を斬られたが、命を落とす心配はない。安心するんだな」

半次は、音次郎を一番先に心配した永吉に笑ってみせた。

「良かった……」

永吉は、満面に安堵を浮かべて涙を零《こぼ》した。

「永吉、此《これ》で漸《よう》く堅気になれるな」

半兵衛は、永吉の為に喜んでやった。

「はい。白縫さま、半次の親分さん、ありがとうございます」

永吉は、涙の滲んだ声で半兵衛と半次に頭を下げた。

「永吉、礼を云う相手は音次郎だ。音次郎に礼を云うのだな」

半兵衛は微笑んだ。


明神一家は壊滅した。

貸元の明神の寅五郎は、北町奉行所吟味方与力の大久保忠左衛門の詮議《せんぎ》を受けた。

おのれ、足を洗って堅気になろうとした若い者を……。

忠左衛門は筋張った首を伸ばして怒り、寅五郎に容赦のない厳しい詮議をし、死罪の裁きを下した。そして、浪人の氷川と島田、博奕打ちの丈八や庄助たちを遠島の刑に処した。

忠左衛門は、永吉に寅五郎を刺した罪で五十敲《たた》きの刑に処して放免した。そこには、永吉に対する深い情状《じようじよう》の酌量《しやくりよう》があった。

音次郎の肩の傷は癒《い》えた。

半兵衛は、酒と鳥鍋の仕度をして、組屋敷に柳橋の弥平次と幸吉、雲海坊、由松、勇次たちを招いた。

囲炉裏《いろり》に掛けられた鳥鍋は湯気を立ち昇らせ、美味《うま》そうな匂いを漂わせた。

「さあ、みんな、今夜は世話になった礼と音次郎の快気祝いだ。遠慮無くやってくれ」

半兵衛は告げた。

「さあ、柳橋の……」

半兵衛は、弥平次の湯呑茶碗に酒を満たした。

「こいつは済みません。旦那……」

弥平次は笑った。

「幸吉、雲海坊、由松……」

半次は、幸吉や雲海坊、由松にも酒の満たされた湯呑茶碗を渡した。

「さあ、勇次の兄貴……」

音次郎は、勇次に酒の満ちた湯呑茶碗を差し出した。

「さあ、鳥鍋も美味そうに出来たぞ。やってくれ」

半兵衛は、茶碗酒を掲げて飲んだ。

半次や幸吉たちが続いた。

宴は賑やかに始まった。

「ああ、美味え……」

音次郎は酒を飲み、沁《し》み沁《じ》みと呟《つぶや》いた。

隅田川の流れは、陽差しを浴びて眩しく煌めいていた。

半兵衛、半次、音次郎は、物陰からおくみと祖父の営む茶店を眺めた。

茶店では、赤い片襷のおくみが客の老夫婦の相手をしていた。

前掛をした永吉が、色とりどりの花を抱えて茶店の奥から現れた。そして、客の老夫婦に挨拶をして店先に花を並べ始めた。

「永吉……」

音次郎は眺めた。

「博奕打ちの三下が茶店の亭主見習か……」

半次は笑った。

「ええ。永吉の奴、上手《うま》くいくと良いんですがね……」

音次郎は心配した。

「なあに、心配あるまい。前掛をした茶店の亭主、良く似合っているよ」

半兵衛は笑った。

「はい。じゃあ、旦那、親分……」

音次郎は立ち去ろうとした。

「良いのか、音次郎。永吉に逢って行かなくて……」

半次は、戸惑いを浮かべた。

「はい。博奕打ちの三下の頃の事は、さっさと忘れた方が良いですから……」

「音次郎と逢えば、嫌でも思い出すか……」

半兵衛は、音次郎の胸の内を読んだ。

「はい。きっと……」

音次郎は頷いた。

「そうか。ま、世の中には、私たちが知らん顔をした方が良い事もあるさ……」

半兵衛は笑った。

隅田川から吹き抜ける微風《そよかぜ》は、爽《さわ》やかで心地好かった。

第二話　出戻り

一

北町奉行所同心詰所は、同心たちが市中見廻りに行く仕度に忙《いそが》しかった。

「やあ。おはよう……」

臨時廻り同心白縫半兵衛は、同心詰所に顔を出して直《す》ぐに見廻りに出掛けるつもりだった。

「あっ。半兵衛さん、大久保さまが出仕したら直ぐに用部屋に参れとの事です」

当番同心は告げた。

「大久保さまが……」

「はい……」

半兵衛は眉をひそめた。

「何かの間違いだろう……」

半兵衛は、当番同心の間違いに一縷《いちる》の望みを懸けた。

「いいえ。間違いではありません」

当番同心は、半兵衛を哀れむように見詰めた。

「そうか、間違いないか……」

又、面倒を押し付けられる……。

半兵衛は、溜息を吐《つ》いた。


「遅い。遅いぞ、半兵衛……」

吟味方与力大久保忠左衛門は、筆を置いて振り返り、筋張った首を伸ばした。

「はっ。申し訳ありません。して、御用とは何でございますか……」

半兵衛は、さっさと用を済ませようとした。

「うむ。それなのだが半兵衛。儂《わし》が仲人《なこうど》をした旗本の夏目《なつめ》小五郎《こごろう》、弥生《やよい》と申す夫婦が離縁してな……」

忠左衛門は眉をひそめた。

「それはそれは……」

忠左衛門は、何故か事件と拘《かか》わりのない話をし始めた。

半兵衛は、戸惑いながらも警戒した。

「それで半兵衛。離縁された妻の弥生の父親、つまり儂の刎頸《ふんけい》の友、岡田重蔵《おかだじゅうぞう》が離縁の理由を突き止めてくれぬかと頼み込んで来たのだ」

「離縁の理由……」

半兵衛は眉をひそめた。

「左様。重蔵が弥生に離縁された理由を問《と》い質《ただ》した処《ところ》、良く分からぬと申したそうだ」

「良く分からぬ……」

「うむ。夏目小五郎、百五十石取りの小普請組《こぶしんぐみ》でな。屋敷は本郷御弓町《ほんごうおゆみちょう》だ」

「は、はあ……」

「それで、妻の弥生が離縁されて戻ったのは内神田小泉町《うちかんだこいずみちょう》にある実家、父親岡田重蔵の屋敷だ……」

忠左衛門は、半兵衛が離縁の理由を探ると決めて掛かっていた。

「大久保さま……」

半兵衛は慌《あわ》てた。

「半兵衛、それで良く分からぬのは、弥生が出戻りを恥じもせず、大店《おおだな》の娘に茶や礼儀作法の教授に出歩いている事だ……」

忠左衛門は首を捻《ひね》った。

「ほう……」

半兵衛は、弥生が出戻りになったのを恥じていないのを知った。

それは、出戻りになったのを恥として出歩かない者が多い中で、珍しい事と云えた。

何故だ……。

半兵衛は、弥生に少なからず興味を持った。

「ならば半兵衛、宜しく頼んだぞ」

忠左衛門は、筋張った首を伸ばして念を押した。

「はい。えっ……」

半兵衛は、夏目夫婦の離縁の理由を調べる事を思わず引き受けた己に狼狽《うろた》えた。

さあて、どうする……。

半兵衛は、吐息を洩らしながら同心詰所を出て、半次と音次郎の待っている表門脇の腰掛に向かった。

半次と音次郎は、半兵衛を迎えた。

「待たせたね……」

「どうかしましたか……」

半次は眉をひそめた。

「うん。ま、出よう……」

半兵衛は、半次と音次郎を促して北町奉行所を出た。

北町奉行所は、外濠に架かっている呉服橋御門内にある。

半兵衛、半次、音次郎は北町奉行所を出て呉服橋御門を渡り、外濠沿いの道を進んで鎌倉河岸《かまくらがし》に出た。

鎌倉河岸は、既に荷揚げ荷下ろしも終わり、閑散としていた。

半兵衛、半次、音次郎は、人足《にんそく》相手に早くから店を開けている蕎麦屋の暖簾《のれん》を潜った。

「出戻りですか……」

半次は眉をひそめた。

「うん……」

半兵衛は、半次と音次郎に忠左衛門と話した事の何もかもを教えた。

「それで旦那、引き受けたのですか……」

「その弥生ってのが、出戻りを恥じている様子がないってのが気になり、ちょいとした弾《はず》みでね……」

半兵衛は、微かな後悔を滲《にじ》ませた。

「そうですか。で、どうします……」

半次は苦笑し、半兵衛に出方を訊いた。

「うん。先《ま》ずは、弥生の動きを見定める」

半兵衛は決めた。

「実家は小泉町の岡田重蔵さまのお屋敷でしたね……」

「うん。それと夏目小五郎がどうして弥生を離縁したかだ」

「夏目小五郎さまのお屋敷は、本郷御弓町ですか……」

「うん……」

「じゃあ、あっしは御弓町に行って、夏目小五郎さまと弥生さまの夫婦仲と離縁の理由をちょいと探ってみます」

半次は告げた。

「うん。ならば私は弥生を調べてみるよ」

「はい。音次郎、旦那のお供をしな」

「合点《がってん》です……」

半兵衛は半次と分かれ、音次郎を伴って内神田小泉町に向かった。

神田玉池稲荷《たまいけいなり》は、赤い幟旗《のぼりばた》を微風《そよかぜ》に揺らしていた。

半兵衛と音次郎は、玉池稲荷の周りに並ぶ旗本屋敷街を進んだ。

「此の辺りの筈《はず》だがな……」

半兵衛は、周囲の旗本屋敷を見廻した。

離れた屋敷の門前では、小者が掃除をしていた。

「ちょいと訊いて来ます」

音次郎は、掃除をしている小者の許に走った。そして、小者と短く言葉を交わして頭を下げ、半兵衛の許に駆け戻って来た。

「分かりました、こっちです……」

音次郎は、通りの先に向かった。

半兵衛は続いた。

岡田重蔵の屋敷は、表門を閉じて静寂に覆《おお》われていた。

半兵衛と音次郎は、岡田屋敷を眺めた。

「静かなもんですね……」

「うん……」

半兵衛は頷いた。

表門脇の潜《くぐ》り戸《ど》が開いた。

半兵衛は、音次郎を連れて素早く物陰に隠れた。

風呂敷包みを抱えた武家の妻女が、老下男に見送られながら出て来た。

「では、弥生さま、呉々《くれぐれ》もお気を付けて……」

老下男は心配した。

「心配ありませんよ。じゃあね……」

弥生と呼ばれた武家の妻女は、軽い足取りで神田鍋町《なべちよう》に向かった。

「旦那、弥生さまですよ……」

「うん。追うよ……」

半兵衛と音次郎は、夏目小五郎と離縁して実家に戻った弥生を見定め、尾行を開始した。

弥生の足取りは落ち着いていた。

半兵衛は、微かな戸惑いを覚えた。

確かに出戻りを恥じている様子はなく、離縁されて暗く沈んでいる気配は窺えなかった。

出戻りは恥ではなく、出歩く事も悪くはない……。

半兵衛はそう思っている。だが、世間の多くの者は違う。

弥生もそれを知らぬ筈はなく、知っての事なのだ。

ならば、それは単に度胸が良いからなのか、それとも何か理由があっての事なのか……。

半兵衛は弥生を尾行《つけ》た。

本郷御弓町の旗本屋敷街に行き交う人は少なかった。

半次は、擦れ違った中間《ちゅうげん》に小粒を握らせて夏目小五郎の屋敷が何処《どこ》か尋ねた。

「此処《ここ》ですぜ……」

中間は、小粒を握り締めて半次を夏目屋敷に案内してくれた。

「助かったよ……」

「いいえ。どうって事はありませんよ。処《ところ》で親分、夏目さまがどうかしたんですかい……」

中間は、興味深げに半次に尋ねた。

「お前さん、夏目さまの事、何か知っているのかい……」

「ま、噂だけですけどね」

中間は笑った。

「じゃあ、その噂ってのを聞かせて貰えるかな……」

半次は笑い掛けた。

「夏目小五郎さま、奥方の弥生さまと随分と仲が良かったんですが、急に離縁しましてね。噂じゃあ、夏目さまが妾《めかけ》を囲《かこ》ったとか、奥方さまが男を作ったとか……」

「他には……」

「夏目さまが悪い仲間と悪事を働き、奥方さまが厳しく諫《いさ》めましてね。そいつを夏目さまが煩《うるさ》がって離縁したとか、奥方さまが見限ったとか、いろいろですよ」

「へえ、そんな噂があるのか……」

半次は眉をひそめた。

「ええ……」

「夏目小五郎さま、妾を囲ったり、悪事を働くような人なのかい……」

「いいえ。剣の腕も立ち、学問にも秀《ひい》でていて、手前たち奉公人たちにも気さくに声を掛けるような方なんですけどね。ま、どんな立派な方でも魔が差すって事もありますからねえ……」

中間は苦笑した。

「魔が差すか……」

半次は、静けさに包まれている夏目屋敷を眺めた。

日本橋から神田八《や》ツ小路《こうじ》を結ぶ通りは、行き交う人で賑わっていた。

弥生は、通りに出て八ツ小路に向かった。

半兵衛と音次郎は尾行た。

弥生は、八ツ小路の手前の神田須田町《すだちよう》に進み、呉服屋『角屋《かどや》』の暖簾を潜った。

半兵衛と音次郎は見届けた。

「着物でも買いに来たんですかね……」

音次郎は眉をひそめた。

「音次郎、角屋に娘がいるかどうか、近所に訊いて来な」

弥生は、大店の娘に茶之湯や礼儀作法を教えている……。

半兵衛は、大久保忠左衛門の言葉を思い出していた。

「娘がいるかどうかですか……」

「ああ……」

「分かりました。じゃあ……」

音次郎は駆け去った。

半兵衛は、呉服屋『角屋』の暖簾越しに店内を窺った。

店内では、番頭や手代たちが女客を相手に着物や反物《たんもの》を広げていた。

半兵衛は、店内に弥生を捜した。

弥生は、奥に入ったのか姿は見えなかった。

「旦那……」

音次郎が戻って来た。

「おお、どうだった……」

「はい。角屋には十五と十六の年子《としご》の娘たちがいるそうです」

音次郎は告げた。

「十五歳と十六歳か。弥生、茶之湯と礼儀作法を教えに来たのかもしれないな」

半兵衛は読んだ。

「茶之湯と礼儀作法ですか……」

「うん……」

半兵衛は頷き、弥生が出て来るのを待つ事にした。

弥生を離縁した後の夏目屋敷には、主《あるじ》の小五郎と下男夫婦の三人が暮らしていた。

下男夫婦は親の代からの奉公人であり、嫁いで来た弥生にも忠義を尽くしていたと云う。

半次は、出入りを許されている米屋や酒屋の手代たちに聞き込みを掛けて知った。
旗本の夏目家は、質素で穏やかで明るい家風の家だった。
そんな夏目家の主、小五郎が妻の弥生を離縁し、様々な噂が立っているのだ。
どうしてだ……。
半次は、微かな疑念を覚えた。
夏目屋敷の表門脇の潜り戸が開いた。
半次は、物陰に隠れて見守った。
潜り戸から中年の下男が現れ、辺りを見廻して屋敷内に戻った。
半次は、戸惑いながら見守った。
塗笠《ぬりがさ》を被った着流しの武士が、代わって潜り戸から出て来た。
「お気を付けて……」
下男は見送った。
「うむ……」
着流しの武士は、塗笠を目深《まぶか》に被って本郷の通りに向かった。
夏目小五郎だ……。
半次は見定め、物陰を出て夏目小五郎を追った。

夏目は、落ち着いた足取りで進んだ。
何処《どこ》に何しに行くのだ……。
半次は、夏目を追った。
夏目は、旗本屋敷の間の往来を進んだ。
半次は、充分に距離を取って尾行《つけ》た。
夏目は旗本屋敷街を抜け、真光寺《しんこうじ》脇の道から本郷の通りに出た。
二人の浪人が、夏目を見送りながら真光寺から現れた。
半次は立ち止まった。
二人の浪人は、夏目を追うように続いた。
まさか……。
半次は、戸惑いながらも二人の浪人の様子を窺った。
やはり、尾行ている……。
半次は、二人の浪人が夏目を尾行ているのに気が付いた。
どうなっているのだ……。
半次は眉をひそめた。

一刻（二時間）が過ぎた。

半兵衛は、甘味処《かんみどころ》に落ち着き、弥生が呉服屋『角屋』から出て来るのを待った。

呉服屋『角屋』は多くの客が出入りし、繁盛《はんじょう》していた。

半兵衛は、呉服屋『角屋』について甘味処の女将《おかみ》に尋ねた。

呉服屋『角屋』は、此処数年の間に伸《の》し上がって来た店だった。それは、偏《ひとえ》に主の吉右衛門《きちえもん》の商《あきな》い上手によるものだと云われていた。

商い上手の吉右衛門か……。

半兵衛は感心した。

「旦那……」

音次郎が、聞き込みから戻って来た。

「おう。何か分かったか……」

「はい。角屋の小僧に訊いたんですがね。弥生さま、やっぱりお嬢さんたちに茶之湯や礼儀作法を教えに来ているそうですよ」

「そうか……」

忠左衛門の云った通りだ。

「旦那……」

音次郎が、呉服屋『角屋』を示した。

呉服屋『角屋』から、弥生が番頭に見送られて出て来た。

「よし。追い掛けるよ……」

半兵衛は、音次郎を従えて甘味処を後にした。

弥生は来た道を戻らず、通りを神田八ツ小路に向かった。

半兵衛と音次郎は追った。

「玉池稲荷の傍のお屋敷に帰るんじゃあないですね」

音次郎は読んだ。

「ああ。何処に行くのか……」

半兵衛は、弥生の足取りを窺った。

弥生の足取りは落ち着いており、迷いや躊躇《ためら》いはなかった。

呉服屋『角屋』の次に行く処は、最初から決まっていたのだ。

半兵衛は睨《にら》んだ。

「他にもいるんですかね。茶之湯や礼儀作法を教えているお店のお嬢さん……」

「さあな……」

半兵衛と音次郎は、辺りに気を配って慎重に尾行《つけ》た。


不忍池は煌《きら》めいていた。

夏目小五郎は、本郷の通りから切通《きりどお》しに進み、不忍池の畔に出た。

二人の浪人は、夏目を尾行ていた。

半次は、夏目と二人の浪人を窺いながら巧みに追った。

夏目は、不忍池の畔で立ち止まって振り返った。

二人の浪人に隠れる間はなかった。

夏目は二人の尾行する浪人に気が付き、不忍池の畔に誘い出した……。

半次は読んだ。

夏目と二人の浪人は対峙《たいじ》した。

「俺に用か……」

夏目は、二人の浪人を冷たく見据えた。

「死んで貰う……」

二人の浪人は、夏目に猛然と斬り掛かった。
夏目は、大きく跳《と》び退《の》いた。
二人の浪人は、刀を翳《かざ》して夏目に突進した。
夏目は踏み込み、刀を一閃した。
浪人の一人が右腕を斬られ、血を飛ばして倒れた。
残る浪人は、狼狽《うろた》えながらも夏目に激しく斬り付けた。
夏目は、残る浪人の刀を弾き飛ばした。
刀は煌めきながら飛び、不忍池に落ちて水飛沫《みずしぶき》をあげた。
浪人は怯《ひる》み、後退《あとずさ》りした。
「誰に雇われたのかは知らぬが、無駄な真似だと伝えろ……」
夏目は、浪人たちに云い残して不忍池の畔を立ち去って行った。
どうする……。
此のまま夏目を追うか、浪人たちを尾行て雇主を突き止めるか……。
半次は迷った。

二

神田明神の境内は賑わっていた。

半兵衛と音次郎は、参道の石灯籠《いしどうろう》の陰から斜向《はすむ》かいの茶店を窺っていた。

斜向かいの茶店では、弥生が縁台に腰掛けて茶を飲んでいた。

「誰かを待っているようですね……」

音次郎は読んだ。

「うん……」

半兵衛は頷いた。

四半刻（三十分）が過ぎた。

塗笠を被った着流しの侍が現れ、茶店の老亭主に茶を頼んで弥生の隣に腰掛けた。

「旦那……」

音次郎は眉をひそめた。

「さあて、何処《どこ》の誰かな……」

半兵衛は、弥生の隣に腰掛けた着流しの侍を眺めた。

着流しの侍は、老亭主の持って来た茶を飲みながら参道を行き交う人々を眺めた。

弥生も茶を飲んだ。

半兵衛と音次郎は見守った。

弥生と着流しの侍は、参道を行き交う人々を眺めながら茶を飲み続けた。

湯呑茶碗で口元を隠し、何事かを話している……。

半兵衛は気付いた。

着流しの侍は何者なのか……。

弥生とはどのような拘《かか》わりがあるのか……。

半兵衛は想いを巡らせた。

僅かな刻が過ぎた。

弥生は、湯呑茶碗を置いて縁台から立ち上がった。そして、参道を湯島の通りに向かった。

「追います」

音次郎は、石灯籠の陰から出て弥生を追い掛けようとした。

「待て……」

半兵衛は制した。

「旦那……」

音次郎は、戸惑いを浮かべた。

半兵衛は、茶店の縁台に腰掛けて弥生を見送っている着流しの侍を示した。

「弥生を追う者を警戒している……」

半兵衛は告げた。

「えっ……」

音次郎は驚き、着流しの侍を見詰めた。

着流しの侍は、弥生の後を尾行《つけ》る者がいないか見定めようとしていた。

弥生は立ち去った。

尾行る者はいない。

着流しの侍は見定め、塗笠を目深に被り直して茶店を出た。

「弥生はおそらく実家の岡田屋敷だ。着流しを追うよ」

「合点です」

半兵衛は、音次郎を促して着流しの侍を追った。

着流しの侍は、神田明神を出て本郷の通りに進んだ。

半兵衛と音次郎は、慎重に尾行た。

陽は大きく西に傾いた。

下谷三味線堀《しゃみせんぼり》の前には出羽国久保田《でわくぼた》藩江戸上屋敷があり、南隣には旗本屋敷が連《つら》なっていた。

二人の浪人は町医者に立ち寄り、久保田藩江戸上屋敷の南隣に連なる旗本屋敷にやって来た。

半次は、二人の浪人を尾行て来た。

二人の浪人は、連なりの端にある旗本屋敷の潜り戸を叩いた。

潜り戸が開き、二人の浪人は素早く屋敷の内に入った。

半次は見届けた。

何様の屋敷だ……。

半次は、二人の浪人の入った旗本屋敷の主が誰か調べる事にした。

塗笠を被った着流しの侍は、本郷御弓町にある旗本屋敷に入った。

半兵衛と音次郎は見届けた。

「半兵衛の旦那……」

音次郎は、戸惑いを浮かべた。

「うん。本郷は御弓町の旗本屋敷か……」

「はい……」

「夏目小五郎に違いあるまい……」

半兵衛は睨んだ。

「でも、弥生さまとは離縁したんじゃありませんか……」

音次郎は、離縁した弥生と夏目小五郎が秘かに逢っていたのに困惑した。

「うん……」

半兵衛は苦笑した。

「どう云う事ですか……」

音次郎は眉をひそめた。

「離縁は表向きで、世間の眼を欺《あざむ》く手立てなのだろうな」

半兵衛は読んだ。

夏目小五郎と弥生の離縁の背後には、何かが潜んでいるのだ。

「でも、何故そんな真似を……」

「音次郎、そいつを此《これ》から突き止めるんだ」

半兵衛は、夏目屋敷を眺めた。

夏目屋敷は夕陽に照らされ始めた。


囲炉裏《いろり》に掛けられた鍋は、湯気を立ち昇らせて汁の香りを漂わせた。

半兵衛は、半次や音次郎と酒を飲み、野菜を入れた雑炊《ぞうすい》の夕食を食べた。

「そうか、夏目小五郎、二人の浪人に後を尾行られ、不忍池の畔で襲われたか……」

半兵衛は、湯呑茶碗の酒を飲んだ。

「はい。で、浪人の一人の腕を斬り、雇った者に無駄な真似だと伝えろと云い残して立ち去りましてね……」

半次は告げた。

「して、浪人共の後を追ったか……」

半兵衛は読んだ。

「ええ。それで浪人、三味線堀前の久保田藩江戸上屋敷の傍にある旗本屋敷に行きました」

「ほう。誰の屋敷だい……」

「麻生主膳《あそうしゆぜん》さまと云う旗本の屋敷でしたよ」

半次は告げた。

「麻生主膳……」

半兵衛は眉をひそめた。

「はい。三千石取りの寄合《よりあい》だそうです」

「三千石取りの寄合、麻生主膳か……」

「小柄な年寄りで、聞く処《ところ》によれば、居丈高《いたけだか》で嫌味《いやみ》な奴だそうですよ」

半次は苦笑した。

「そんな奴か……」

「ええ……」

「となると、浪人たちに夏目小五郎の後を尾行させたのは、麻生主膳って事かな……」

半兵衛は酒を飲んだ。

「きっと。で、どうして尾行させたのか……」

半次は酒を飲んだ。

「うん……」

半兵衛は頷いた。

「ま、それで夏目小五郎さまがその後、何処に行ったのかは、突き止める事は出来ませんでした……」

半次は、首を横に振った。

「夏目小五郎は神田明神に来たよ」

半兵衛は、空《から》になった湯呑茶碗に酒を満たして飲んだ。

「神田明神に……」

「うん。それで、神田須田町の呉服屋角屋の娘たちに茶之湯と礼儀作法を教えた帰りの弥生と秘かに逢った……」

「弥生って離縁した奥方の弥生さまですか……」

半次は眉をひそめた。

「うん。そして、弥生と何事か言葉を交わして別れ、御弓町の屋敷に戻ったよ」

「そうですか、別れた夫婦が秘かに逢っていましたか……」

半次は酒を飲んだ。

「どう云う事なんですかね……」

音次郎は、雑炊のお代わりをしていた。

「そいつは未だ分からないが、夏目小五郎と麻生主膳が揉《も》めているのは間違いないな」

半兵衛は酒を飲んだ。

「その揉め事に、夏目小五郎さまと弥生さまの離縁の原因があるのかもしれませんね」

半次は読んだ。

「おそらくな……」

半兵衛は頷き、酒を飲んだ。


「旗本の麻生主膳……」

大久保忠左衛門は眉をひそめた。

「はい。三千石取りの寄合で、どうやら夏目小五郎と何か揉めているようです」

「揉めている……」

忠左衛門は、筋張った首を伸ばした。

「ええ。その揉め事が何かです」

半兵衛は頷いた。

「半兵衛、その何かが、夏目小五郎と弥生の離縁に拘わりがあるのか……」

「おそらく……」

「そうか、分かった。旗本の麻生主膳がどのような人物なのか、詳しく調べれば良いのだな……」

「はい。宜しくお願いします」

「うむ。引き受けた……」

忠左衛門は頷いた。


三味線堀は、大名屋敷や旗本屋敷に囲まれている。

半次は、麻生屋敷を見張っていた。

麻生屋敷の表門脇の潜り戸が開き、晒《さら》しを巻いた右腕を首から吊《つ》った浪人が出て来た。

不忍池の畔で夏目小五郎に右腕を斬られた浪人だ……。

半次は見守った。

浪人は、麻生屋敷を振り返って吐息を洩らして西に向かった。

西には御徒町《おかちまち》があり、その先には下谷広小路や不忍池がある。
半次は追った。
何処に行くのだ……。
半次は、浪人の後ろ姿を眺めた。
浪人の足取りは重かった。
夏目に腕を斬られ、麻生主膳の使い走りを首にでもなったか……。
半次は、浪人の足取りの重さの理由を読んだ。
浪人は御徒町に入り、組屋敷街を尚も西に進んだ。
半次は尾行た。

本郷御弓町の夏目屋敷は表門を開け、中年の下男が掃除をしていた。
音次郎は、物陰から見張った。
下男は掃除を終え、辺りを見廻して表門を閉めた。
夏目屋敷は静寂に覆われ、主の小五郎が出掛ける気配は窺えなかった。
音次郎は見守った。
浪人と半纏を着た遊び人らしき男がやって来た。そして、二人は立ち止まり、夏目屋敷の様子を窺った。
何だ……。
音次郎は眉をひそめた。
浪人と遊び人は、夏目屋敷の周りを歩き廻った。
夏目屋敷を探っている……。
音次郎は気が付いた。
浪人と遊び人は何者なのだ……。
音次郎は、緊張した面持ちで浪人と遊び人の様子を見守った。

玉池稲荷の赤い幟旗《のぼりばた》は、微風に揺れていた。
半兵衛は、岡田屋敷を眺めた。
弥生は、今日も出掛けるのか……。
半兵衛は見張った。
岡田屋敷から弥生が出て来た。
半兵衛は、物陰に隠れた。
弥生は、辺りを油断なく窺った。そして、不審な者はいないと見定め、小さな風呂敷包みを持って神田川沿いの柳原《やなぎわら》の通りに向かった。
今日も大店の娘に茶之湯や礼儀作法を教えに行くのか……。
半兵衛は追った。
弥生は、落ち着いた確かな足取りだった。
離縁されて実家に戻って来た女とは思えない足取りだった。
父親で大久保忠左衛門の友である岡田重蔵が不審を抱き、心配をする訳だ……。
半兵衛は苦笑した。

湯島天神の男坂《おとこざか》には、参拝客が往き来していた。
急な男坂の下には古い飲み屋があった。
右腕に晒しを巻いた浪人は、古い飲み屋に入った。
半次は見届けた。
浪人は、酒を飲みに来たのか……。
半次は、古い飲み屋の横手の路地に入った。

路地沿いの古い飲み屋の板壁には、小さな格子窓《こうしまど》があった。

半次は、格子窓の障子越しに古い飲み屋の様子を窺った。

男たちの野太い笑い声が聞こえた。

半次は、耳を澄ました。

「で、右腕を斬られたのか、小泉《こいずみ》……」

「ああ。それでだ河野《こうの》さん、岸田《きしだ》が腕の立つ奴を三人程寄越《よこ》してくれとの事だ」

「腕の立つのを三人か……」

「ああ。一人三両だ……」

夏目に右腕を斬られ、古い飲み屋に来た浪人は小泉。一緒にいたのは岸田。そして古い飲み屋にいる男は河野……。

半次は、浪人たちの名を知った。

「よし、分かった。夕暮れ迄に腕の立つ奴を三人見繕《みつくろ》って、此処に集めておく……」

河野は、小泉に告げた。

「宜しく頼む……」

「うん。それにしても小泉、麻生主膳、どうして夏目小五郎を付け狙うのだ」

「さあな。仔細《しさい》は聞いちゃあいねえが、麻生主膳、威張《いば》り腐《くさ》った質《たち》の悪い爺いでな。悪事の尻尾でも握られたのかもしれねえ……」

小泉の嘲笑が聞こえた。

麻生主膳は、岸田や小泉たち無頼の浪人の人数を増やし、引き続き夏目小五郎を付け狙う気なのだ。

半次は知った。


浪人と遊び人は、夏目屋敷から立ち去った。

様子を探り終えたのか……。

音次郎は、物陰から見送った。

夏目屋敷の潜り戸が開き、夏目小五郎と中年の下男が現れ、立ち去って行く浪人と遊び人を見送った。

夏目と下男は、浪人と遊び人が屋敷を窺っているのに気が付いていたのだ。

油断はない……。

音次郎は感心した。

浪人と遊び人に気が付いたのなら、自分の見張りも……。

音次郎は不意に気が付き、緊張した面持ちで夏目と下男を見詰めた。

夏目は、小さな笑みを浮かべて潜り戸から屋敷内に入って行った。

下男が続き、潜り戸を閉めた。

音次郎は、思わず小さな吐息を洩らしてしゃがみ込んだ。

和泉橋《いずみばし》は神田川に架かっており、御徒町に続いている。

弥生は、和泉橋を渡って神田川沿いの道を筋違《すじかい》御門の方に向かった。

半兵衛は尾行た。

筋違御門に行く道筋には、神田佐久間町《さくまちょう》や花房町《はなぶさちょう》などのお店が軒《のき》を連ねていた。

弥生は小さな風呂敷包みを抱え、連なる店の中にある唐物屋《からものや》『和蘭陀堂《おらんだどう》』の暖簾を潜った。

唐物屋和蘭陀堂……。

半兵衛は眉をひそめた。

唐物屋とは、唐天竺《からてんじく》などの沙羅《さら》、呉絽《ごろ》、宝石、珊瑚《さんご》、玻璃《はり》の瓶子《へいじ》、菓子皿《かしざら》など渡来品を扱っている店だ。

唐物屋『和蘭陀堂』に娘がおり、弥生は茶之湯や礼儀作法を教えに来たのか……。

半兵衛は、唐物屋『和蘭陀堂』を窺った。

唐物屋『和蘭陀堂』の店の棚には、玻璃の瓶子や皿や鉢、陶器などが飾られ、番頭や手代は客に沙羅や呉絽などの織物を見せていた。

弥生は母屋《おもや》に入ったのか、その姿は既に店内になかった。

よし……。

半兵衛は、神田佐久間町の自身番《じしんばん》に向かった。

「唐物屋の和蘭陀堂ですか……」

佐久間町の自身番に詰めている家主《いえぬし》は、戸惑いを浮かべた。

「うむ。主は何て名でどんな人柄なんだい」

半兵衛は、出された茶を飲みながら尋ねた。

「主は嘉平《かへい》さんと云いましてね。商売上手な数寄者《すきもの》ですよ」

数寄者とは、風流の人、趣味や芸道などに打ち込んでいる人を称した。

「商売上手な数寄者の嘉平か……」

「商売上手と云うからには、和蘭陀堂、繁盛しているんだね」

「それはもう。数寄者仲間の馴染客《なじみきやく》が付いているそうでしてね。繁盛していますよ」

「数寄者仲間か、どんな人がいるのかな……」

「聞く処によれば、大店の御隠居さんや旗本の殿さまたちがおいでになるそうですよ」

家主は告げた。

「大店の御隠居に旗本の殿さまか……」

「はい……」

家主は頷いた。

「して、和蘭陀堂には娘はいるのかな……」

「いえ。おりませんよ」

店番が、町内名簿を見ながら告げた。

「いない……」

半兵衛は眉をひそめた。

「はい……」

「はい……」

「娘はいないのか……」

「はい。若旦那の子供、旦那の嘉平さんの孫娘はおりますけど……」

「孫娘……」

「はい……」

弥生は、嘉平の孫娘に茶之湯や礼儀作法を教えているのかもしれない。

「その孫娘、歳は幾つだ」

「五歳です……」

「五歳……」

半兵衛は戸惑った。

五歳の孫娘に茶之湯や礼儀作法を教えるのは早過ぎる。

ならば、弥生は何しに唐物屋『和蘭陀堂』を訪れたのだ。

半兵衛は想いを巡らせた。

ひょっとしたら弥生は、夏目小五郎と麻生主膳の揉め事の拘《かか》わりで唐物屋『和蘭陀堂』を訪れたのかもしれない。

もしそうなら、揉め事には唐物屋『和蘭陀堂』も何らかの拘わりがあるのだ。

そして、唐物屋『和蘭陀堂』の馴染客の〝旗本の殿さま〟とは、麻生主膳なのかもしれないのだ。

半兵衛は、自身番の家主や店番に礼を云って唐物屋『和蘭陀堂』に急いだ。

三

唐物屋『和蘭陀堂』の店内では、お店の隠居らしい客が様々な玻璃の瓶子を吟味していた。

店の土間では、手代と小僧が届けられた荷を解《ほど》き、様々な唐物を奥に運んでいた。

変わった様子はない……。

半兵衛は、物陰から店内を窺った。

弥生は未だいるのか、それとも既に帰ったのか……。

半兵衛は、弥生がどうしたのか見定める手立てを思案した。

小僧が解いた荷の跡を掃除し、塵《ごみ》を棄てに店の横手に出て来た。

よし……。

半兵衛は、横手の路地奥に塵を棄てに来た小僧に駆け寄った。

「やあ、ちょいと尋ねるが、先程、店に岡田弥生さんが来たね」

半兵衛は、小僧に笑い掛けた。

「は、はい……」

小僧は、半兵衛の巻羽織《まきばおり》を見て町奉行所の同心だと気が付き、緊張した。

「もう、帰ったのかな……」

「いえ。未だいらっしゃいます」

小僧は、怪訝《けげん》な面持ちで告げた。

「何しに来たのか分かるかな……」

「旦那さまに御用があってお見えですが、どんな御用かは分かりません」

小僧は首を捻《ひね》った。

「そうか。此の事は内緒だよ……」

半兵衛は、小僧に素早く小粒を握らせた。

「お、お役人さま……」

小僧は驚いた。

「いいね。誰にも云うんじゃない」

「はい……」

小僧は、小粒を握り締めて嬉しげに頷いた。

弥生は未だ唐物屋和蘭陀堂にいる……。

半兵衛は、弥生が出て来るのを待つ事にした。


右腕に晒しを巻いた浪人の小泉は、湯島天神男坂の古い飲み屋から三味線堀の麻生屋敷に戻った。

半次は見届け、物陰に隠れた。

僅かな刻が過ぎた。

浪人と遊び人がやって来て、麻生屋敷に入って行った。

浪人の岸田だ……。

半次は見定めた。

浪人の岸田と小泉は、河野に頼んで新たに雇う三人の浪人と夏目小五郎を闇討ちする企《たくら》みなのだ。

半次は読んだ。

夏目屋敷の表門脇の潜り戸が開いた。

音次郎は見詰めた。

中年の下男とその女房が、荷物を背負って出て来た。

夏目小五郎が続いて現れた。

「では旦那さま……」

「うむ。事が片付いたら直ぐに報せる。それ迄、向島《むこうじま》の親類の家でのんびりしているんだな」

「旦那さま、呉々もお気を付けて……」

「うむ……」

夏目は頷いた。

「旦那さま。奥さまに宜しくお伝え下さい」

女房は告げた。

「うむ。必ず伝えるよ」

夏目は頷いた。

「では……」

「気を付けて行け……」

夏目は、一礼して立ち去って行く下男夫婦を見送った。
夏目は、浪人たちの襲撃を恐れ、下男夫婦を屋敷から安全な処に行かせたのだ。
音次郎は睨んだ。
そこには奉公人を思い遣《や》る優しさがある。
音次郎は、夏目小五郎の人柄を好もしく思った。
弥生は、唐物屋『和蘭陀堂』から番頭に見送られて出て来た。
その手には、小さな風呂敷包みがあった。
弥生は、小さな風呂敷包みを持って神田川沿いの道を和泉橋に向かった。
半兵衛は、弥生を追い掛けようとした。
縞《しま》の半纏を着た二人の男が唐物屋『和蘭陀堂』の裏手から現れ、弥生の後を追った。
何だ……。
半兵衛は、弥生と縞の半纏を着た二人の男に続いた。

神田川に架かっている和泉橋には、行き交う人が少なかった。

弥生は、和泉橋を北詰から南詰に渡ろうとした。

縞の半纏を着た二人の男は、和泉橋を進む弥生に小走りに駆け寄った。

弥生は、気配に振り返った。

縞の半纏を着た二人の男は、弥生の持っている小さな風呂敷包みを奪い取ろうとした。

弥生は、咄嗟《とっさ》に躱《かわ》して縞の半纏を着た二人の男を睨み付けた。

「何故《なにゆえ》の狼藉《ろうぜき》です……」

「大人しく風呂敷包みを渡さなければ、怪我をしますぜ」

縞の半纏を着た二人の男は、嘲《あざけ》りを浮かべて弥生に迫った。

「和蘭陀堂の嘉平の指図ですか……」

弥生は云い放った。

「煩《うる》せえ……」

「大人しく渡しな」

縞の半纏を着た二人の男は、弥生に襲い掛かった。

弥生は、小さな風呂敷包みを奪われまいと必死に抗《あらが》った。

次の瞬間、半兵衛が現れて縞の半纏を着た男の一人を蹴り飛ばした。

蹴り飛ばされた男は、橋板の上に前のめりに叩き付けられた。

残る縞の半纏を着た男は怯んだ。

半兵衛は、容赦なく十手で殴り飛ばした。

残る縞の半纏を着た男は、鼻血を飛ばして倒れた。

「昼日中、何の狼藉だ……」

半兵衛は、縞の半纏を着た二人の男を厳しく見据えた。

縞の半纏を着た二人の男は、後退りして逃げた。

半兵衛は見送った。

「危ない処を忝《かたじけの》うございました」

弥生は、半兵衛に頭を下げた。

「怪我はないかな……」

半兵衛は微笑んだ。

「はい。お蔭さまで……」

「奴らは何者です……」

「さあ、存じません……」

「そうかな……」

半兵衛は、弥生に笑い掛けた。

「えっ……」

弥生は、微かに狼狽《うろた》えた。

「私は北町奉行所臨時廻り同心白縫半兵衛……」

半兵衛は名乗った。

「北町奉行所の白縫半兵衛さま……」

弥生は、戸惑った面持ちで半兵衛を見詰めた。

「ええ。そして、貴方は夏目弥生さん……」

「白縫さま。私の事を何故に……」

弥生は眉をひそめた。

「私の上役は、夏目小五郎どのと弥生さんの仲人の大久保忠左衛門さま。そして、大久保さまは弥生さんの御父上、岡田重蔵どのの友だそうですな……」

「では、父が大久保さまに……」

「ええ。弥生さんの事を心配されてね。そして私に……」

半兵衛は微笑んだ。

連なる赤い幟旗は、風にはためいていた。

玉池稲荷に参拝客いなかった。

弥生は池の畔に佇《たたず》み、水面《みなも》に映る自分の姿を眺めた。

「私は夏目小五郎さまに離縁された身。もう夏目弥生ではございません」

弥生は、背後に佇んでいる半兵衛に告げた。

「ならば、岡田弥生さんですか……」

半兵衛は笑った。

「いろいろと御存知のようですね……」

弥生は、半兵衛を厳しく見詰めた。

「ええ。ですが、分からない事もいろいろありましてね……」

「そうですか……」

「ええ。夏目小五郎どのは、麻生主膳に何故、命を狙われているのか……」

半兵衛は、弥生を見据えた。

「し、白縫さま……」

弥生は、半兵衛が麻生主膳との争いを知っているのに狼狽えた。

「それ以上に分からないのは、夏目どのが弥生さんを離縁した理由です」

半兵衛は、弥生に笑い掛けた。

「小五郎さまが私を嫌いになった。それだけの話です」

弥生は、固い面持ちで告げた。

「さあて、そいつは信じられないね……」

「えっ……」

弥生は、戸惑いを浮かべた。

「嫌いで離縁した妻と、湯島天神の茶店で秘かに逢うとは思えないが……」

半兵衛は苦笑した。

「そうでしたか……」

半兵衛は、自分と夏目小五郎の離縁に裏があるのを知っているのだ。

弥生は気が付いた。

「そして、夏目小五郎どのと麻生主膳の争いには、唐物屋和蘭陀堂が絡んでいる……」

半兵衛は読んだ。

弥生は、半兵衛の読みの的確さに小さな吐息を洩らした。

「やはり、そうか……」

半兵衛は、弥生の小さな吐息を読んだ。

「白縫さま、麻生主膳さまは唐物屋の和蘭陀堂を使って御禁制の品を秘かに手に入れているようなのです」

「御禁制の品……」

半兵衛は眉をひそめた。

「はい。御禁制の品が何かは詳しく分かりませんが……」

「して、夏目どのは麻生主膳が御禁制の品を手に入れていると、どうして知ったのかな」

「夏目家には先祖代々伝わる紅玉《こうぎよく》と青玉《せいぎよく》の髪飾りがあるのですが……」

「紅玉と青玉の髪飾り……」

「はい。麻生さまは何処でそれをお知りになったのか、夏目に見せて欲しいと申し入れて来たのです。そして、お見せしたら、とても気に入ったので、是非とも譲って欲しいと仰《おつしや》られて……」

「譲って欲しいとな……」

「はい。百両で。ですが、夏目は断りました。そうしたら、麻生さまは様々な唐物品も付けると、その中には御禁制の品らしき物もあったそうです……」

「御禁制の品……」

「はい。夏目はそれも断りました。そうしたら……」

「麻生は夏目どのの命を狙い始めた……」

麻生主膳は、己が禁制品を手に入れているのを夏目に知られ、その口を封じようとしているのだ。

「はい……」

弥生は、厳しい面持ちで頷いた。

「それで、夏目どのは弥生さんを離縁して自分とはもう拘わりはないとしたのか……」

「はい。私の身に禍《わざわい》が降り掛からぬように……」

「それで、出戻りになりましたか……」

「はい。その方が夏目も動き易いだろうと思いまして……」

弥生は微笑んだ。

「そうですか……」

半兵衛は、夏目と弥生は互いを思い遣って離縁したのを知った。

「して、今日は和蘭陀堂に何用あって行ったのかな……」

「和蘭陀堂の嘉平に紅玉の髪飾りを見せに参りました……」

「紅玉の髪飾りを餌《えさ》にして、和蘭陀堂嘉平と麻生主膳の繋《つな》がりを見定める企《くわだ》てか……」

「はい。案《あん》の定《じょう》、和蘭陀堂嘉平は紅玉の髪飾りを欲しがり、動きました……」

弥生は、紅玉の髪飾りを奪おうとした縞の半纏を着た二人の男の事を云った。

「となると、唐物屋の和蘭陀堂嘉平、麻生主膳と繋がりがあり、御禁制の品を扱っているかもしれませんか……」

「はい……」

「ならば、私たち町奉行所の出番ですな」

半兵衛は、楽しそうな笑みを浮かべた。

「白縫さま、どうか、どうか夏目にお力をお貸し下さい。お願いにございます」

弥生は、半兵衛に深々と頭を下げた。

「云《い》う迄《まで》もありません。夏目どのと弥生さんの身に何かあった時には、大久保さまが筋張った首を伸ばしてどのように私を罵倒《ばとう》するか、考えただけでも恐ろしい事ですよ……」

半兵衛は、恐ろしそうに肩を竦《すく》めてみせた。

弥生は苦笑した。

玉池稲荷の池には蜻蛉《とんぼ》が低く舞い飛び、水面には幾つもの小さな波紋が重なった。


半兵衛は、弥生を岡田屋敷に送って北町奉行所に戻った。

半次が待っていた。

「やあ。何か分かったか……」

「はい……」

半次は、麻生主膳に雇われている浪人共の岸田と小泉が人数を増やして夏目屋敷を襲撃する企みだと、半兵衛に報せた。

「浪人の岸田と小泉か……」

「はい。その他に腕の立つ食詰《くいつ》め浪人を一人三両で三人、雇う手筈を……」

半次は告げた。

「さあて、食詰め浪人五人で夏目小五郎の口を封じられるかな……」

半兵衛は苦笑した。

「夏目さま、かなりの腕前ですよ」

半次は、嘲りを浮かべた。

「うん、腕も立つだろうが、妻の弥生さんを離縁して迄、闘うと覚悟を決めているのだ。金目当ての食詰め浪人など相手にならぬだろう」

「成《な》る程《ほど》……」

「で、半次、食詰め浪人の岸田や小泉、今夜、夏目屋敷を襲う企みなんだな」

「おそらく……」

半次は睨んだ。

「よし。ならば、食詰め浪人共が屯《たむろ》している湯島天神男坂の飲み屋に行ってみるか……」

「はい……」

半兵衛と半次は、北町奉行所同心詰所を出た。

夕暮れ時の旗本屋敷街には、物売りの声が長閑《のどか》に響いていた。

音次郎は、路地に潜んで夏目屋敷を見張り続けていた。

夏目屋敷は表門を閉じ、小五郎に出掛ける気配は窺えなかった。

昼間、浪人と一緒に来た遊び人が一人でやって来た。

野郎……。

音次郎は眉をひそめた。

遊び人は、夏目屋敷を窺った。そして、小五郎がいると見定めたのか、物陰に潜んだ。

夏目小五郎さまを見張るつもりだ……。

それは、浪人たちの夏目を襲う時が近いからなのか……。

音次郎は読んだ。

もし、浪人たちが夏目屋敷に押し込んだら呼《よ》び子笛《こぶえ》を鳴らして騒ぎ立て、隣近所の旗本屋敷の者たちを呼び集めてやる。

音次郎は、十手を握り締めて物陰に潜んだ遊び人を睨み付けた。

連なる旗本屋敷は軒行燈《のきあんどん》を灯《とも》し始めた。

湯島天神男坂下の古い飲み屋は、暖簾や提灯《ちょうちん》を出さずに明かりを灯していた。

「あの店か……」

半兵衛は、古い飲み屋を眺めた。

「はい。潰れた飲み屋に河野って食詰め浪人が蜷局《とぐろ》を巻き、居着いちまったそうですぜ」

半次は告げた。

「で、その河野、今は食詰め浪人の口入屋《くちいれや》の真似をしているか……」

半兵衛は苦笑した。

「ええ……」

「半次……」

半兵衛は、暗い道を来る二人の男を示した。

半次は、二人の男を見詰めた。

二人の男は、浪人の岸田と小泉だった。

「岸田と小泉です……」

半次は囁いた。

浪人の岸田と小泉は、古い飲み屋に入った。

半兵衛と半次は見守った。

僅かな刻が過ぎた。

古い飲み屋の腰高障子が開いた。

浪人の岸田と小泉が三人の浪人たちと現れ、湯島天神裏の切通しに向かった。

切通しの先は本郷の通りであり、横切れば夏目屋敷がある本郷御弓町だ。

「どうやら、半次の睨み通りのようだな」

半兵衛は、小さな笑みを浮かべた。

半兵衛と半次は追った。


本郷御弓町の旗本屋敷街は、夜の静寂に覆われた。

音次郎は、夏目屋敷の斜向かいの路地に潜み、物陰にいる遊び人を見張った。

遊び人は、物陰で居眠りをしていた。

ど素人《しろうと》が……。

音次郎は嘲《あざわら》笑った。

暗い道の奥から人影がやって来た。

音次郎は、夜の闇を透かし見た。

人影は五人であり、袴《はかま》を付けている。

浪人共か……。

音次郎は眉をひそめた。

物陰で居眠りをしていた遊び人が気が付き、五人の浪人たちに駆け寄った。

やはり、五人の人影は浪人共だった。

音次郎は緊張した。

「音次郎……」

半次と半兵衛が、路地の奥からやって来た。

「親分、旦那……」

音次郎は、微かな安堵を過《よ》ぎらせた。

「奴らの後を追って来た……」

半次は、五人の浪人を示した。

「親分、旦那。奴ら、昼間、夏目屋敷の様子を探りに来ていました」

音次郎は報せた。

「そうか。して、屋敷には夏目と下男夫婦の三人がいるのか……」

半兵衛は訊いた。

「いえ。夏目さまは、浪人たちの襲撃を読んで下男夫婦に暇を出しました」

「暇を出した……」

「はい。事が終わったら呼び戻すと約束されて。優しい方です」

「そうか。流石《さすが》の覚悟だな……」

半兵衛は感心した。

「旦那……」

半次が夏目屋敷を示した。

浪人たちは、夏目屋敷の土塀に縄梯子《なわばしご》を掛けて忍び込み始めた。

「よし……」

半兵衛は路地を出た。

半次と音次郎が続いた。


夏目屋敷は静まり返っていた。

岸田と小泉、三人の浪人は、遊び人と一緒に土塀を乗り越えて屋敷内の暗がりに潜んだ。そして、屋敷内に変わった事はないと見定め、庭先に廻った。

庭先に面した屋敷の座敷は、雨戸を閉め切っていた。

岸田と小泉たち五人の浪人は、遊び人と共に雨戸の傍に忍んだ。

遊び人は、雨戸を抉開《こじあ》けようとした。

刹那《せつな》、雨戸が蹴倒され、遊び人が悲鳴を上げて下敷きになった。

夏目小五郎が縁側にいた。

岸田と小泉たち五人の浪人は怯んだ。

「麻生主膳に命じられての押し込みか……」

夏目は冷たく笑った。

「だ、黙れ……」

岸田と小泉たち五人の浪人は刀を抜いた。

夏目は縁側を蹴って跳び、先頭にいた浪人に抜き打ちの一刀を浴びせて着地した。

浪人は、血を振り撒いて斃《たお》れた。

「おのれ……」

岸田と小泉たちは、夏目に斬り掛かった。

夏目は、猛然と斬り結んだ。

だが、多勢に無勢であり、夏目は押された。

半兵衛が現れ、二人の浪人を十手で次々に打ちのめした。

夏目は戸惑った。

岸田は、狼狽えながらも夏目に斬り付けた。

夏目は、岸田の刀を弾き飛ばし、袈裟懸《けさが》けに斬り棄てた。

小泉は、慌てて逃げた。

半次と音次郎が小泉に飛び掛かり、容赦なく十手で殴り倒した。

岸田と小泉たち浪人の夏目屋敷襲撃は、呆気《あっけ》なく一蹴された。

四

岸田と小泉、三人の浪人たちの夏目小五郎闇討ちは失敗した。

「やあ。怪我はないかな……」

半兵衛は、夏目小五郎に笑い掛けた。

「おぬしは……」

夏目は、油断なく半兵衛を見据えた。

「私は北町奉行所臨時廻り同心白縫半兵衛……」

「ならば、大久保忠左衛門さまの……」

「如何《いか》にも……」

半兵衛は頷いた。

「そうでしたか……」

夏目は、半兵衛たちが現れた経緯《いきさつ》を読み、安堵を滲ませて刀を納めた。

「して、押し込んだ狼藉者共、私に預けて貰えますかな」

「預ける……」

夏目は眉をひそめた。

「左様。盗賊として大番屋に引き立て、何故の押し込みか容赦なく詮議《せんぎ》し、背後に潜んでいる者を引《ひ》き摺《ず》り出してやりますよ」

半兵衛は苦笑した。


半兵衛は、夏目小五郎に斬り棄てられた岸田と浪人の一人を葬《ほうむ》った。そして、小泉と二人の浪人、遊び人を盗賊として大番屋の牢に繋いだ。

半兵衛は、小泉を大番屋の詮議場に引き据え、厳しく責めた。

小泉は、夏目小五郎襲撃を旗本麻生主膳に命じられての所業だと白状した。

「ならば何故、麻生主膳さまは夏目小五郎どのを斬り棄てろと命じたのだ」

「詳しくは知らぬが、何でも御禁制の唐物品が絡んでいるとか……」

小泉は、我が身可愛さに何もかも話した。

「御禁制の唐物品か……」

「ええ……」

「して、麻生さまと連《つる》んでいる唐物屋は、何処の誰なのだ」

「神田佐久間町の唐物屋の主が出入りを許されています……」

小泉は告げた。

「和蘭陀堂の嘉平だな……」

半兵衛は笑った。

「えっ、ええ……」

小泉は、半兵衛が何もかも知っているのに寒気を覚えた。

「よし、小泉、今の話を口書《くちがき》にする、名を書き、爪印《つめいん》を押すのだな……」

半兵衛は命じた。

北町奉行所の用部屋の庭には、木洩《こも》れ日《び》が揺れていた。

半兵衛は、大久保忠左衛門に弥生が夏目小五郎に離縁されて出戻りになった経緯を詳しく報せた。

「おのれ、麻生主膳……」

忠左衛門は、弥生が出戻りになった経緯を詳しく知り、筋張った首を伸ばして怒りを露《あら》わにした。

「それで大久保さま、麻生主膳さまがどのような御禁制の品を隠し持っているのか突き止める為、神田佐久間町の唐物屋和蘭陀堂嘉平を捕縛《ほばく》しようと思いますが……」

半兵衛は、『和蘭陀堂』嘉平の捕縛の許しを求めた。

「勿論《もちろん》、構わぬ。早々に和蘭陀堂嘉平を召し捕るが良い……」

忠左衛門は、首の筋を引《ひ》き攣《つ》らせて命じた。

「心得ました……」

半兵衛は、忠左衛門の用部屋を後にした。

神田川には様々な船が行き交っていた。

半兵衛は、半次や音次郎と共に唐物屋『和蘭陀堂』を訪れた。

唐物屋『和蘭陀堂』の主の嘉平は、半兵衛、半次、音次郎を迎えた。

「さあて、北町奉行所の旦那が、手前に何の御用ですかな……」

嘉平は、半兵衛を冷ややかに見詰めた。

「うん。嘉平、お前、御禁制の唐物品を扱っているそうだね」

半兵衛は、笑顔で無雑作に切り込んだ。

「えっ……」

嘉平は、微かに狼狽えた。

「御禁制の唐物品を扱うのは、天下の御法度《ごはっと》。此からちょいと大番屋に来て貰うよ」

「そ、そんな。手前共は御禁制の唐物品など扱ってはおりません」

嘉平は、焦りを浮かべた。

「じゃあ、調べられても何も心配する事はないだろう……」

半兵衛は笑った。

「旦那、手前はお旗本の麻生主膳さまのお屋敷に御出入りを許されている唐物屋にございます……」

嘉平は、値踏みするかのような眼で半兵衛を見詰めた。

「旗本の麻生主膳さま……」

半兵衛は眉をひそめた。

「はい。手前をお調べになると云う事は、麻生さまをお調べになるのも同然嘉平は、麻生の名を出せば半兵衛が手を引くと侮《あなど》り、薄笑いを浮かべた。

「そうか、やはり麻生主膳さまと連《つる》んでいるのだな……」

半兵衛は、楽しげに笑った。

「えっ……」

嘉平は、戸惑いを浮かべた。

「和蘭陀堂嘉平、麻生主膳さまの事は心配無用だ。半次、音次郎、嘉平に縄を打って大番屋に引き立てろ」

半兵衛は命じた。

「承知……」

半次と音次郎は、嘉平を押さえて縄を打とうとした。

「ま、待ってくれ。私は……」

嘉平は、激しく狼狽えて抗った。

「煩《うるさ》い。神妙にしろ」

半次は、嘉平を張り飛ばした。

嘉平は、悲鳴を上げて倒れ込んだ。

……」

「静かにしやがれ……」

音次郎は、嘉平に馬乗りになって手際良く縛り上げた。

「さあて、嘉平。麻生主膳さまがどんな御禁制の唐物品を隠し持っているか、大番屋で何もかも吐いて貰うよ」

半兵衛は、嘉平に笑い掛けた。

「じゃあ、麻生さまを……」

嘉平は、半兵衛の狙いが麻生主膳にあるのに気が付き、項垂《うなだ》れた。

「うむ。嘉平、自分から麻生さまとの拘《かか》わりを話してくれたので大助かりだ」

半兵衛は笑った。


大番屋の詮議場は冷ややかであり、汗と血などの入り混じった異様な臭いに満ちていた。そして、壁際には刺股《さすまた》、袖搦《そでがらみ》、寄棒《よりぼう》などの三道具と笞《むち》や石抱《いしだ》きの十露盤板《そろばんいた》と石などの拷問道具が置かれていた。

嘉平は、そんな詮議場に引き据えられ、恐怖に震えた。

半兵衛は、座敷の框《かまち》に腰掛けて見下ろした。

「さあて嘉平、何もかも正直に話すんだね」

半兵衛は笑い掛けた。

「はい……」

嘉平は観念し、喉を引き攣らせて頷いた。

「よし。ならば嘉平、麻生主膳さまが秘かに隠し持っている御禁制の唐物品ってのは何なんだい……」

半兵衛は、嘉平を厳しく見据えた。

「た、短銃や宝石です……」

嘉平は、嗄《しやが》れ声を震わせた。

「短銃や宝石……」

半兵衛は眉をひそめた。

「はい。短銃はオランダ渡りの六連発の短銃などにございます」

「六連発の短銃……」

「はい。麻生さまは六連発を始めとしたいろいろな短銃や様々な宝石を手前に調達させまして、飽きた品物は大身旗本のお殿さまや奥方さまに秘かに高値で売っているのです」

嘉平は吐いた。

「成る程、それで夏目家に伝わる紅玉と青玉の髪飾りの噂を聞き、譲れと申し入れたのか……」

「はい……」

嘉平は頷いた。

旗本麻生主膳が秘かに隠し持っている御禁制の唐物品は、六連発の短銃や様々な宝石だった。

半兵衛は知った。

麻生屋敷は表門を閉めていた。

半次と音次郎は、斜向かいの路地から麻生主膳の動きを見張った。

夏目小五郎を闇討ちに行った浪人の岸田たち浪人は戻らず、唐物屋『和蘭陀堂』の嘉平は北町奉行所に捕らえられた。

何がどうなっているのだ……。

三千石取りの旗本麻生主膳は、焦りを覚えていた。

何もかも、夏目家に伝わる紅玉と青玉の髪飾りに拘わってからだ。

おのれ、夏目小五郎……。

麻生は、怒りの鉾先《ほこさき》を夏目小五郎に向けた。

それにしても何故、北町奉行所は急に動いたのだ……。

麻生は、北町奉行所の吟味方与力が仲人をした夏目家の妻が離縁され、出戻りになった事に疑念を抱き、臨時廻り同心に探索を命じた事から始まったとは知らず、苛立《いらだ》ち、焦り、怒りを露《あら》わにした。

何《いず》れにしろ、此のままでは公儀の手が我が身に及ぶのは明白だ。

何とかしなければならぬ……。

麻生は、違い棚の奥から箱を取り出し、蓋《ふた》を取った。

箱の中には、六連発の短銃が入っていた。

麻生は、六連発の短銃を手に取ってじっと見詰めた。

その見詰める顔には、不気味な笑みが湧き上がるように浮かび始めた。

六連発の短銃は黒光りし、美しく輝いていた。

六連発の短銃や様々な宝石……。

「麻生主膳が唐物屋の和蘭陀堂嘉平を通じて手に入れていた御禁制の唐物品、宝石の他に六連発の短銃などもあったのですか……」

夏目小五郎は眉をひそめた。

「ええ。麻生主膳、己の身が危ないとなるとどう出るか、呉々も油断されぬよう……」

半兵衛は、夏目屋敷を訪れて小五郎に浪人の小泉と唐物屋『和蘭陀堂』嘉平を詮議した結果を報せた。

「はい……」

夏目は、厳しい面持ちで頷いた。

「半兵衛の旦那……」

門前に音次郎の声がした。

「おう。こっちだ。庭だ……」

半兵衛は告げた。

庭先に音次郎が現れ、乱れた息を整えながら夏目に挨拶をした。

「どうした……」

「麻生主膳が家来たちを従えてこっちに向かっています」

音次郎は報せた。

「麻生主膳が……」

半兵衛は眉をひそめた。

「はい。半次の親分が追って来ます」

「家来の人数は……」

「五人……」

「麻生を入れて六人か……」

「はい……」

音次郎は頷いた。

「白縫どの……」

夏目は緊張を滲ませた。

「うむ。夏目どの、どうやら麻生主膳、事此処《ことここ》に至ったのは、おぬしの所為《せい》だと思っているのかもしれませんな……」

半兵衛は苦笑した。

西の空の雲は夕陽に赤く映えた。

頭巾《ずきん》を被った麻生主膳は、五人の家来を従えて夕暮れの本郷御弓町に入った。

行き先は夏目屋敷……。

追って来た半次は見定め、裏通りに走った。


夏目屋敷は表門を開け放っていた。

「此処です……」

家来の一人は、表門を開け放っている夏目屋敷を示した。

「うむ……」

麻生主膳は、頭巾の下の暗い眼で夏目屋敷を眺めた。

「如何《いかが》致しますか……」

「容赦は無用。早々に夏目小五郎を討ち果たせ」

麻生は命じた。

「はっ……」

家来たちは頷いた。

四人の家来が夏目屋敷に入り、庭に走った。

麻生は門内に進み、残った家来に表門を閉めるように命じた。

家来は、表門を閉めた。

門扉《もんぴ》は軋《きし》んだ。

四人の家来は庭に入って来た。

廊下と連なる座敷には、誰もいなかった。

四人の家来は、廊下に上がろうとした。

「何者だ……」

夏目小五郎が廊下に現れた。

四人の家来たちは、刀の鯉口《こいぐち》を切って身構えた。

「盗賊だな……」

半兵衛が庭に現れた。

「盗賊だと……」

家来たちは声を荒らげた。

「ああ。訪《おと》ないも入れず、屋敷に忍び込む者は盗賊に決まっている」

半兵衛は嘲り笑った。

「おのれ……」

家来たちは熱《いき》り立った。

「盗賊に遠慮は無用。残らず斬り棄ててやる」

半兵衛は云い放った。

「黙れ……」

家来たちの一人が半兵衛に向かい、残る三人が夏目に斬り掛かった。

半兵衛は素早く踏み込み、斬り掛かる家来の太股《ふともも》を抜き打ちに斬った。

家来は、斬られた太股から血を飛ばし、前のめりに倒れた。

夏目は、斬り掛かる家来を弾き飛ばし、続く家来を袈裟に斬った。

袈裟に斬られた家来は、胸元から血を流して仰《の》け反《ぞ》り倒れた。

夏目は、残る家来に斬り掛かった。

残る家来は怯み、身を翻《ひるがえ》した。

半兵衛が立ち塞《ふさ》がった。

背後から夏目が迫った。

残る家来は、激しく狼狽えた。

「此迄だな。怪我人を連れて早々に立ち去るが良い……」

半兵衛は笑った。

「待て……」

頭巾を被った麻生が庭に現れた。

「麻生主膳……」

夏目は、頭巾を被った麻生主膳を見据えた。

「夏目小五郎、死んで貰う……」

麻生は、六連発の短銃を夏目に向けた。

夏目は、咄嗟《とっさ》に刀を構えた。

「見事な六連発だろう……」

麻生は、嬉しそうに告げた。

「まったくですな……」

半兵衛は、夏目を庇《かば》うように麻生の前に立ちはだかって笑った。

「白縫さん……」

夏目は戸惑った。

「お前は……」

麻生は、半兵衛を睨み付けた。

「北町奉行所臨時廻り同心白縫半兵衛。盗賊の頭が六連発の短銃を持っているとは……」

半兵衛は苦笑した。

「黙れ、儂は盗賊の頭などではなく旗本だ」

麻生は怒鳴った。

「ならば何故、御禁制のオランダ渡りの短銃を持っているのかな。旗本ならば決してあってはならぬ事……」

半兵衛は笑い掛けた。

「黙れ、黙れ……」

麻生は怒鳴り、六連発の短銃の銃口を半兵衛に向けて引鉄《ひきがね》を引こうとした。

刹那、半兵衛は腰を僅かに沈め、抜き打ちの一刀を放った。

閃光が走った。

銃声が響いた。

夏目は眼を瞠《みは》った。

家来たちは眼を瞑《つぶ》った。

麻生の手が斬られ、滴る血と共に六連発の短銃が落ちた。

半兵衛は、刀を静かに鞘《さや》に納めた。

鮮やかな田宮流抜刀術《たみやりゅうばつとうじゅつ》だった。

半兵衛は、六連発の短銃を拾い上げた。

六連発の短銃は、鈍色《にびいろ》に輝いてずっしりと重かった。

麻生は斬られた手を押さえて蹲《うずくま》り、苦しげな呻《うめ》き声を洩らした。

「殿……」

無傷の家来たちが、麻生に駆け寄った。

「此以上、馬鹿な真似をしないよう、早々に屋敷に連れ帰るのだな。さもなければ、乱心者として切腹するだけでは済まず、麻生家は取り潰しとなり、おぬしたち家来と奉公人たちは路頭に迷う事になる」

半兵衛は、冷ややかに告げた。

家来たちは、慌てて麻生を抱き起こして連れ去った。

「旦那……」

半次と音次郎が現れた。

「うん。見届けてくれ」

「承知……」

半次と音次郎は、麻生と家来たちを追った。

「後は御目付《おめつけ》と評定所《ひょうじょうしょ》がどう出るか……」

半兵衛は見送った。

「ええ。白縫どの、いろいろ御造作をお掛けしました。礼を申します」

夏目は、半兵衛に深々と頭を下げた。

「いいえ。世の中には私たちが知らん顔をした方が良い事もありましてね。礼には及びませんよ」

「忝《かたじけの》うございます。それにしても、見事な田宮流抜刀術ですな」

夏目は感心した。

「いいえ。それ程でもありません。それより、早く弥生さんを迎えに行くのですな」

半兵衛は微笑んだ。


夜風は、斬り合いの緊張に火照《ほて》った身体に爽《さわ》やかだった。

半兵衛は、八丁堀北島町《きたじまちょう》の組屋敷に向かった。

忠左衛門の持ち込んだ出戻りの一件は、思わぬ事件を暴《あば》いて終わった。

おそらく麻生家は減知《げんち》となり、主膳には切腹の沙汰《さた》が下るだろう。そして、唐物屋『和蘭陀堂』は闕所《けっしょ》となり、嘉平は死罪に処せられる筈だ。

弥生は、小五郎に迎えられて明日にでも夏目屋敷に戻るだろう。
出戻りか……。
半兵衛は苦笑した。
夜風は、半兵衛の鬢《びん》の解《ほつ》れ髪を小さく揺らした。

第三話　招き猫

一

落葉は舞い散った。

浅草鳥越明神《とりごえ》に参拝客は少なく、参道の古い茶店に客はいなかった。

茶店の脇では、手拭《てぬぐい》で頰被《ほおかぶ》りをした老爺《ろうや》が筵《むしろ》を敷き、風車《かざぐるま》や弥次郎兵衛《やじろべえ》などの子供の玩具を作りながら売っていた。

「おじさん、お茶ですよ」

赤い片襷《かただすき》をした茶店の娘のおさきは、湯気が昇る温かい茶を老爺に持って来た。

「やあ、おさきちゃん。いつも済まないねえ」

老爺は、竹とんぼを作る手を止めた。

「いいえ。お祖父ちゃんが持って行けって……」

「そうか。藤吉《とうきち》さんに宜しくな。戴《いただ》くよ……」

老爺は、湯気の昇る湯呑茶碗を両手で受け取って飲んだ。

おさきは、微笑《ほほえ》んで見守った。

「ああ、美味い……」

老爺は、白髪眉を下げて微笑んだ。

「そう。良かった。でも、今日はお詣《まい》りの人が少ないからお互いに暇ねえ……」

おさきは、僅かな参拝客がいる鳥越明神の境内《けいだい》を眺めた。

「うん。ちょいと寒くなったしな……」

老爺は茶を飲んだ。

参拝を終えた老夫婦が、境内から参道に出て来た。

茶店に寄るかどうか……。

おさきと老爺は、参道を来る老夫婦を息を詰めて見守った。

老夫婦は、老爺とおさきの前を通って茶店に入った。

「いらっしゃいませ。じゃあね、おじさん……」

おさきは、嬉しげに声を弾ませて茶店に走った。

老爺は苦笑した。

茶之湯の宗匠《そうしよう》らしい形《なり》をした初老の男が、若いお店者《たなもの》を連れて鳥居を潜《くぐ》って来た。

子供の玩具を買うような客じゃあない……。

老爺は一瞥《いちべつ》し、竹を削って竹とんぼを作り続けた。

茶之湯の宗匠は、若いお店者を待たせて茶店に入って行った。

参拝もせず、いきなり茶店か……。

老爺は、怪訝《けげん》な面持ちで竹とんぼ作りの手を止めた。

茶店に用があって来たのか……。

老爺は、茶店の前に残された若いお店者を見た。

若いお店者は、石灯籠《いしどうろう》の陰から鋭い眼差しで茶店を窺《うかが》っていた。

何だ……。

老爺は白髪眉をひそめた。

微風《そよかぜ》が吹き抜け、売り物の風車が一斉に廻った。

北町奉行所臨時廻り同心白縫半兵衛は、岡っ引の半次と音次郎を従えて鳥越明神に向かった。

鳥越明神は、鳥越川と新堀川の合流する地にある浅草元鳥越町《もととりごえまち》の外れにある。

半兵衛は、半次や音次郎と両国広小路を横切り、神田川に架かる浅草御門を渡って蔵前の通りを進んだ。そして、新堀川に架かっている鳥越橋手前の天王町《てんのうちよう》の辻を西に曲がった。西に曲がった通りは、備中《びっちゆう》国鴨方《かもがた》藩江戸上屋敷と猿屋町《さるやちよう》の間に続き、鳥越川に架かる甚内橋《じんないばし》を渡ると元鳥越町であり、鳥越明神の鳥居が見えた。

半兵衛は、半次や音次郎と鳥越明神の鳥居に向かった。

参道の端にある古い茶店は大戸を閉め、潜り戸の前に元鳥越町の木戸番の庄《しよう》八《はち》が佇《たたず》んでいた。

半兵衛、半次、音次郎が鳥居を潜って来た。

「白縫さま、半次の親分さん……」

木戸番の庄八が駆け寄った。

「やあ、庄八の父っつあん……」

「御苦労さまにございます。こっちです……」

庄八は、半兵衛、半次、音次郎に古い茶店の大戸の潜り戸を示した。

「うん……」

半兵衛、半次、音次郎は、庄八に誘《いざな》われて大戸の潜り戸から古い茶店に入った。

古い茶店の店内は薄暗く、老爺と若い娘が縁台に腰掛けていた。

半兵衛、半次、音次郎は、木戸番の庄八に誘われて入って来た。

老爺と若い娘は、緊張した面持ちで縁台から立ち上がった。

「白縫さま、此方《こちら》が茶店の主の藤吉さんと孫娘のおさきちゃんです……」

庄八は、主の藤吉とおさきを引き合わせた。

「やあ、藤吉におさきかい。私は北町奉行所臨時廻り同心の白縫半兵衛、こっちは半次と音次郎だ」

半兵衛は、藤吉とおさきに笑い掛けた。

「はい……」

藤吉とおさきは、緊張した面持ちで頭を下げた。

「して、掘られていた穴ってのは、何処《どこ》だい」

半兵衛は尋ねた。

「はい。此方です……」

藤吉は、茶店の奥の茶汲場《ちゃくみば》に向かった。

半兵衛、半次、音次郎、おさきは続いた。

店の隅には神棚があり、その下に古い大きな招き猫が飾られていた。

茶汲場には、茶釜《ちゃがま》を掛けた竈《かまど》や湯呑茶碗や皿を重ねた棚があった。

「此方です……」

藤吉は、茶汲場の奥にある六畳程の部屋を示した。

半兵衛、半次、音次郎は、六畳程の部屋を覗いた。

部屋には泥の山があり、床板が剝《は》がされて床下に大きな穴が掘られていた。

「此奴《こいつ》か……」

半兵衛は、部屋に入って大きな穴を覗き込んだ。

半次と音次郎が続いた。

大きな穴は、二畳程の広さで六尺（約一八〇センチ）程の深さに掘られていた。

「何の穴なんですかね……」

半次は眉をひそめた。

「さあて、何かな……」

「ちょいと入ってみますか……」

音次郎は、半兵衛の指図を仰いだ。

「うん……」

半兵衛は頷いた。

「じゃあ……」

音次郎は、身軽に大きな穴に飛び下り、中を調べた。

大きな穴の中は、取り立てて変わった事はなかった。

「どうだ……」

半次が覗き込んだ。

「別に妙な処《ところ》はありませんね。只《ただ》の穴ですよ」

音次郎は、戸惑いを滲《にじ》ませた。

「そうか。よし、上がってくれ」

半兵衛は命じた。

音次郎は、半次の手を借りて穴から上がった。

「さあて、此《こ》の部屋は……」

半兵衛は、藤吉とおさきに訊いた。

「はい。仕事の合間に休んだり、荷物を置いたりしています」

藤吉は、部屋の隅に置かれた蒲団や茶の葉などの荷を示した。

「じゃあ、普段は何処《どこ》で暮らしているんだい」

「はい。此の裏の元鳥越町にある甚兵衛《じんべえ》横丁に……」

藤吉とおさきは、甚兵衛横丁にある小さな家に住み、古い茶店に通いで来ていた。

「で、朝、やって来たら穴が掘られていたって訳かな」

「はい。そりゃあもう、びっくりしました」

半兵衛は読んだ。

藤吉の傍らでおさきが頷《うなず》いた。

「じゃあ、穴に何か心当たりはないかな……」

「ありません」

藤吉は、困惑した面持ちで首を横に振った。

「私もありません」

おさきは頷いた。

「そうか、じゃあ何か盗まれた物はないかな」

「さっき調べてみたんですが、何も盗まれてはおりませんでした」

「じゃあ此処《ここ》の処《ところ》、茶店に何か変わった事はなかったか……」

半兵衛は尋ねた。

「別に変わった事は……」

藤吉は首を捻《ひね》った。

「お祖父ちゃん、昨日のお客さんは……」

おさきは眉をひそめた。

「昨日のお客……」

「はい。昨日、茶之湯のお師匠さんが見えて、お祖父ちゃんに茶店を譲ってくれないかと云ったんです。ねえ……」

おさきは、藤吉に同意を求めた。

「ああ、そうです。茶之湯のお師匠さんが此処を譲ってくれと云って来ましてね……」

「ほう、茶之湯のお師匠さんが、茶店を譲ってくれとね。で、どうしたんだい

「……」

「それで茶之湯のお師匠さん、大人しく退《ひ》き下がったのかい……」

「はい……」

「その茶之湯のお師匠さん、何処の何てお師匠さんですか……」

半次は尋ねた。

「確か神田連雀町《れんじやくちよう》に住んでいる祥悦《しようえつ》さんとか仰いましたが……」

藤吉は告げた。

「神田連雀町に住む茶之湯の師匠の祥悦さんですか……」

半次は頷いた。

「処《ところ》で此の茶店、随分古いね……」

半兵衛は、茶店を見廻した。

「はい。五年前に居抜《いぬ》きで買いました」

「五年前に居抜きでねえ……」

半兵衛は頷いた。

「はい……」

「前の持ち主は、どんな人だったのかな」

「喜助《きすけ》さんって方でしたが、卒中《そっちゅう》で倒れましてね。それでおかみさんのおしまさんが此処を居抜きで売り、向島の寺嶋村《てらじまむら》の方に越して行きましたよ」

「へえ、卒中でね……」

「ええ、お気の毒に……」

「喜助さんとおしまさん夫婦ですね……」

半次は念を押した。

「はい……」

藤吉は頷いた。

「白縫さま、お店を開けても良いんですか……」

おさきは、半兵衛を見詰めた。

「そいつは構わないが、店を開けるのか、藤吉……」

半兵衛は、藤吉に尋ねた。

「いいえ。誰がどうして穴を掘ったのかはっきりする迄《まで》は、気味が悪いので店は暫《しばら》く休みますよ……」

藤吉は眉をひそめた。

「うむ。そいつが良いようだな。おさき……」

半兵衛は、おさきに笑い掛けた。

鳥越明神の参道の茶店の部屋に大きな穴が掘られた一件は、事情が良く分からないままに探索を始めなければならなかった。


鳥越明神に参拝客はいなかった。

半兵衛、半次、音次郎は、古い茶店を出た。

「何だか良く分からない。妙な事件だな」

半兵衛は苦笑した。

「ええ、どうします……」

半次は、半兵衛の指示を仰いだ。

「うん。半次、連雀町の茶之湯の師匠の祥悦ってのが、ちょいと気になるな」

「分かりました。当たってみます」

「音次郎、お前は五年前に茶店を居抜きで売った喜助とおしま夫婦がどうしているか、向島に一っ走りしてくれ」

「合点です」

半次と音次郎は、鳥越明神から駆け去った。

「気を付けてな……」

半兵衛は見送った。

「あの、ちょいと尋ねるが、茶店に何かあったのか……」

手拭の頰被りをした老爺が、箱を包んだ風呂敷包みを背負い、巻いた筵を抱えていた。

「お前さんは……」

「私は茶店の隣で子供の玩具を売らせて貰っている者だが……」

「ほう。私は北町奉行所同心白縫半兵衛、お前さんは……」

「うん。平蔵《へいぞう》だ……」

玩具売りの老爺は、平蔵と名乗った。

武士だ……。

半兵衛の勘は、玩具売りの平蔵と云う老爺が武士だと囁いた。

「平蔵さんか……」

「うむ。して……」

平蔵と名乗った老爺は、古い茶店を心配げに見た。

「茶店の奥の部屋の床下が何故か掘られていてね……」

半兵衛は、平蔵を見詰めた。

「えっ、床下が掘られていた……」

平蔵は、戸惑いを浮かべた。

「ええ……」

半兵衛は頷いた。

「何故です……」

平蔵は、半兵衛に問い質《ただ》した。

「さあ。そいつは未《ま》だ……」

半兵衛は苦笑した。

「そうか、そうですね。で、藤吉さんやおさきちゃんは……」

平蔵は、半兵衛を見据えた。

「穴が掘られたのは夜中でしてね。藤吉とおさきは、家に帰っていて無事ですよ」

半兵衛は告げた。

「良かった。そりゃあ良かった……」

平蔵は、満面に安堵を浮かべた。

「あら、おじさん……」

茶店から出て来たおさきが、平蔵に気が付いた。

「おお、おさきちゃん。では御免……」

平蔵は、古い茶店の前にいるおさきの許に急いだ。

半兵衛は見送った。

おさきと平蔵は、短く言葉を交わして古い茶店に入って行った。

平蔵に怪しい処《ところ》はない……。

半兵衛は見定めた。

それにしても、誰が何故、古い茶店の奥の部屋の床下を掘ったのか……。

何かが埋められており、それを掘り出そうとしての事かもしれない。

その何かは、穴の中から見付かったのか、それとも未だなのか……。

それによって、何者かの動きは変わる……。

半兵衛は読んだ。

もし、部屋の床下に何かが埋められていたとしたら、それは藤吉が居抜きで買い取る前、向島に越した喜助とおしま夫婦が茶店を営んでいた時の事なのだ。

埋められていた物は何なのか……。

半兵衛は、想いを巡らせた。

神田連雀町の自身番の店番は、町内名簿を捲《めく》りながら首を捻った。

「いませんか……」

半次は眉をひそめた。

「ええ。茶之湯の宗匠の何とか祥悦さん、何度見ても連雀町にはいませんねぇ……」

店番は名簿を閉じた。

「そうですか、いませんか……」

神田連雀町に茶之湯の宗匠の祥悦は、住んでいなかった。

藤吉が聞き間違えたのか、それとも祥悦が嘘偽《うそいつわ》りを云ったのかもしれない。

それ以上に、茶之湯の宗匠の祥悦そのものが偽名の場合もある。

もしそうだとしたら、茶店を譲ってくれと云って来た者は何者なのだ。

半次は読んだ。

隅田川の流れは大きく波打っていた。

向島の田畑は刈り入れも終わり、吹き抜ける風に土埃《つちぼこり》が舞っていた。

音次郎は、土手道を寺嶋村に急いだ。

五年前、茶店の持ち主だった喜助は卒中で倒れた。

女房のおしまは、茶店を藤吉に売り、喜助を連れて向島の寺嶋村に引っ越した。

喜助とおしま夫婦は、寺嶋村の何処にいるのか……。

音次郎は、寺嶋村の庄屋の屋敷に急いだ。

「五年前に浅草の元鳥越町から引っ越して来た卒中を患《わずら》っている喜助さんと女房のおしまさんですか……」

庄屋屋敷の手代は眉をひそめた。

「はい。家が何処か御存知なら教えて戴きたいのですが……」

音次郎は頼んだ。

「音次郎さんでしたね」

「はい……」

「元鳥越から越して来た卒中を患った喜助さんなら、半年前に亡くなりましたよ」

「じゃあ、女房のおしまさんは……」

「そいつが、女房のおしまさん、いつの間にかいなくなっちまいましてねえ……」

手代は声を潜めた。

「いつの間にかいなくなった……」

音次郎は、戸惑いを浮かべた。

「ええ……」

手代は頷いた。

「いつの間にかって、いつ頃なんですか……」

「そいつが、いないのに気が付いたのは、二ヶ月程前でね。いなくなったのがいつかは分からないんだな」

手代は困惑をにじませた。

「分からない……」

音次郎は眉をひそめた。

鳥越明神に子供たちの遊ぶ声が響いた。

半兵衛は、参道に並ぶ石灯籠の陰に潜んで古い茶店を見守っていた。

古い茶店を訪れる者や窺う者は現れない。

半兵衛は、古い茶店の周囲を見廻した。

やはり、見張っているような不審な者はいなかった。

古い茶店の潜り戸が開いた。

平蔵が風呂敷包みと筵を持って潜り戸から現れ、おさきと藤吉が続いて出て来た。

半兵衛は見守った。

「じゃあ、平さん……」

藤吉は、平蔵に声を掛けた。

「ああ。藤吉さんも気を付けてな。家の戸締まりをしっかりな……」

平蔵は念を押した。

「うん……」

藤吉は、緊張した面持ちで頷いた。

「おさきちゃんも気を付けるんだぞ」

「分かったわ。じゃあ、おじさん……」

藤吉とおさきは、鳥越明神から帰って行った。

平蔵は見送り、風呂敷包みと筵を古い茶店の横手の軒下に置き、藤吉とおさきを追った。

何をする気だ……。

半兵衛は、怪訝な面持ちで平蔵の後を追った。

二

鳥越明神を出た平蔵は、裏の元鳥越町に足早に向かった。

平蔵の前には、甚兵衛横丁の家に帰る藤吉とおさきの姿があった。

平蔵は、藤吉とおさきを秘かに見守りながら進んでいる。

藤吉とおさきを護っている……。

半兵衛は、平蔵の動きを見定めた。

藤吉とおさきは、通りから甚兵衛横丁に進んで小さな家に入った。

平蔵は見届け、辺りを鋭く見廻していた。

半兵衛は見守った。

平蔵は、茶店に穴が掘られたのを知り、藤吉とおさきの身に禍《わざわい》が及ぶと睨《にら》んだのだ。

半兵衛は読んだ。

平蔵は、藤吉の家の周囲に不審な者も処もないと見定めて踵《きびす》を返した。

半兵衛は、物陰に潜んで平蔵を遣《や》り過《す》ごし、その後を尾行《つけ》た。

鳥越明神に戻った平蔵は、古い茶店の隣に筵を敷いて風車や弥次郎兵衛などの玩具を売り始めた。

半兵衛は、石灯籠の陰から見守った。

平蔵は、玩具を売りながら古い茶店に来る者を窺った。

誰かが来るのを待っている……。

半兵衛は、平蔵の様子をそう読んだ。

もしそうだとしたら、平蔵は何かを知っているのかもしれない。

半兵衛は見守った。

「旦那……」

半次が、神田連雀町から戻って来た。

「おう。茶之湯の宗匠、どうだった……」

「そいつが、連雀町に何とか祥悦なんて茶之湯の宗匠、いませんでしたよ」

半次は苦笑した。

「いなかった……」

半兵衛は眉をひそめた。

「はい。どうやら茶之湯の宗匠ってのは、嘘偽りのようですね」

「ならば、そいつが茶店の穴に拘《かか》わりがあるかもしれないね」

「ええ。茶店を譲って貰えないので、夜中に忍び込んで穴を掘りましたか……」

「おそらくね……」

半兵衛は頷いた。

「って事は、茶店の部屋の床下には何かが埋まっていたか、未だ埋まっている……」

半次は読んだ。

「うん。果《は》たしてどっちか……」

半兵衛は苦笑した。

「処で旦那、あの玩具売りの父っつあんは……」

半次は、小刀で竹とんぼを削っている平蔵を示した。

「うん……」

半兵衛は、平蔵が武士であり、藤吉やおさきと親しい事を半次に教えた。

「へえ。そんな人なんですか……」

「うん。で、何かを知っているようだ……」

「えっ……」

半次は、平蔵を見詰めた。

平蔵は、鳥居の方を見て竹とんぼを削っていた小刀を止めた。

「うん……」

半兵衛と半次は、平蔵の視線を追った。

平蔵は、鳥居を潜って来た若いお店者を見詰めていた。

若いお店者は立ち止まり、大戸を閉めている古い茶店を窺った。

何者だ……。

半兵衛と半次は、若いお店者を見守った。

昨日、茶之湯の宗匠と一緒に来た若いお店者だ……。

平蔵は見定め、風車や弥次郎兵衛などの玩具を箱の中に仕舞い始めた。

「やあ。父っつあん……」

若いお店者は、平蔵に声を掛けた。

「何ですか……」

「今日、茶店は休みなのかい……」

「ああ、そのようだね……」

「そうか、休みか……」

若いお店者は、古い茶店を眺めながら薄笑いを浮かべた。

「茶店に何か用かい……」

平蔵は、若いお店者を見詰めた。

「いや。別に。じゃあ……」

若いお店者は、そそくさと来た道を戻って行った。

平蔵は、玩具を仕舞った箱を風呂敷で包み、古い茶店の横の軒下に置いて若いお店者を追った。

半次は、半兵衛の指示を仰いだ。

「私は平蔵に面が割れている。先に行ってくれ……」

「承知……」

半次は、平蔵を追った。

半兵衛は続いた。


若いお店者は、鳥越川に架かっている甚内橋を渡り、蔵前の通りに向かった。

平蔵は尾行《つけ》た。

そして、半次と半兵衛が続いた。

若いお店者は、蔵前の通りに出た。

蔵前の通りは、神田川に架かっている浅草御門と浅草広小路を結んでいる。

若いお店者は、蔵前の通りを浅草御門に進んだ。

平蔵は追った。

若いお店者は、神田川に架かる浅草御門を渡り、両国広小路の雑踏に出た。

若いお店者は、雑踏の中を巧みに進んだ。

「旦那……」

平蔵は必死に追った。だが、若いお店者に引き離され始めた。
拙《まず》い……。
半次は、平蔵を追い抜いて若いお店者を直に追う事にした。
若いお店者は、軽い足取りで両国広小路を横切り、馬喰町《ばくろちょう》の通りに進んだ。
半次は尾行た。

平蔵は、両国広小路の雑踏で若いお店者を見失った。
半兵衛は、若いお店者を捜すのを諦め、雑踏を抜けて行く平蔵を追った。
雑踏を出た平蔵は、お店の軒下に佇んで息を吐《つ》いた。
半兵衛は苦笑した。

馬喰町の通りは、両国広小路から外濠に続いている。
若いお店者は、馬喰町の通りを進んだ。そして、途中で神田堀に出て南に曲がった。
神田堀は南に流れて浜町堀《はまちようぼり》に続く。

若いお店者は、神田堀沿いの道から浜町堀沿いに進んだ。

浜町堀には緑橋《みどりばし》と汐見橋《しおみばし》、そして千鳥橋《ちどりばし》などが架かっている。

若いお店者は、浜町堀沿いを進んで千鳥橋の東詰にある橘町《たちばなちょう》一丁目にある船宿『千鳥《ちどり》』に入った。

半次は見届けた。

『千鳥』とはどんな船宿なのか……。

半次は、聞き込みに廻る事にした。

浜町堀に西日が差し込んだ。


平蔵は浅草御門を潜り、橋の上に佇んで神田川の流れを眺めた。

神田川の流れは西日に煌《きら》めいていた。

平蔵は、神田川を眺めながら溜息《ためいき》を吐《つ》いた。

「やあ。平蔵さんじゃありませんか……」

半兵衛は声を掛けた。

「おお。此《これ》は白縫さん……」

「どうしたんですか、こんな処で……」

「えっ。ええ、ちょいとね……」

平蔵は苦笑した。

「何かあったんですか……」

「いいえ。じゃあ……」

平蔵は、半兵衛に会釈をしてそそくさと立ち去った。

おそらく売り物を置いてある鳥越明神に戻るのだ……。

半兵衛は読み、蔵前の通りを足早に行く平蔵を見送った。


浜町堀の水面には、行き交う船の明かりが映えた。

船宿『千鳥』に客は少なく、船着場には繋がれた屋根船と猪牙舟《ちょきぶね》が揺れていた。

聞き込みを終えた半次は、千鳥橋の西詰に佇んで浜町堀越しに東詰にある船宿『千鳥』を眺めていた。

船宿『千鳥』には、五十歳絡《がら》みの主の伊佐吉《いさきち》と女将《おかみ》のおこう、そして奉公人の手代や仲居、船頭がいる。

鳥越明神に来た若いお店者は、おそらく左助《さすけ》と云う手代なのだ。

半次は睨んだ。

船宿『千鳥』は五年前に開店し、大して繁盛している様子もないのだが、暖簾を掲げ続けていた。

船宿『千鳥』から若いお店者が出て来た。

手代の左助だ……。

半次は見守った。

左助は、辺りを片付けて大戸を閉め始めた。

早仕舞いか……。

半次は見定め、千鳥橋の袂《たもと》から立ち去った。


囲炉裏《いろり》の火は燃え上がった。

「そうか。卒中で寝込んでいた喜助は、もう亡くなっていたか……」

「はい。半年前に……」

音次郎は告げた。

「して、女房のおしまには逢えたのか……」

「そいつが旦那。おしまさん、いつの間にかいなくなったってんですよ」

「いなくなった……」

半兵衛は眉をひそめた。

「はい……」

音次郎は頷いた。

「そうか、いなくなったか……」

半兵衛は、湯呑茶碗の酒を飲んだ。

「只今戻りました……」

半次が勝手口から入って来た。

「やあ、御苦労さん……」

半兵衛は労《ねぎら》った。

「いえ……」

半次は、囲炉裏端に座った。

音次郎は、湯呑茶碗に酒を注いで半次に差し出した。

「おう。済まないな……」

半次は、湯呑茶碗の酒を美味そうに喉を鳴らして飲んだ。

「して、若いお店者、何処の誰だった」

「はい。浜町堀は千鳥橋の東詰にある千鳥って船宿の奉公人で左助って野郎でした。

「千鳥って船宿か……」

「はい……」

「よし。詳しい事を聞かせて貰おうか……」

半兵衛は、囲炉裏に薪《まき》を焼《く》べた。

火花が散って炎が燃え上がった。

壁に映る半兵衛、半次、音次郎の影が大きく揺れた。

元鳥越町甚兵衛横丁の藤吉の家は、既に眠りに就《つ》いていた。

平蔵は、刀を抱えて藤吉の家の横手の暗がりに潜んでいた。

夜空に拍子木《ひょうしぎ》の音が甲高《かんだか》く響いた。

木戸番の夜廻りだ。

平蔵は、通りを眺めた。

木戸番は、拍子木を打ち鳴らしながら甚兵衛横丁の前を通り過ぎて行った。

茶店の床下に穴を掘った奴らは、現れそうもない。

平蔵は、微かな安堵を覚えた。
だが、油断はならない……。
平蔵は、刀を抱えて潜み続けた。
向島の田畑には旋風《つむじかぜ》が幾つも走り、土埃を巻き上げていた。
半兵衛と音次郎は、庄屋屋敷の手代に誘《いざな》われて寺嶋村の宝泉寺《ほうせんじ》裏の百姓家を訪れた。
百姓家の中は薄暗く、黴《かび》の臭いが漂っていた。
半兵衛は命じた。
「音次郎、雨戸を開けな……」
「はい……」
音次郎と手代は、居間に上がって雨戸を開けた。
百姓家に陽が差し込んだ。
土間と板の間、座敷と次の間があった。
半兵衛は、土間から板の間に上がって家の中を見廻した。
家の中は障子や襖《ふすま》が外され、畳が積み重ねられていた。

「喜助が死に、女房のおしまがいないのに気が付いたのは、二ヶ月程前だったんだね」

半兵衛は、手代に訊いた。

「はい。左様にございます」

「それで、家の中を片付けたのか……」

「はい……」

「その時、家の中に変わった事はなかったかな……」

「変わった事ですか……」

「うん。荒されていたとか、争った跡があったとか……」

「さあ。別に変わった事はなかったかと思いますが……」

手代は首を捻った。

「そうか……」

半兵衛は、畳の外されている座敷と次の間を眺めた。

次の間には押し入れがあった。

半兵衛は次の間に入り、押し入れの板戸を開けた。

一匹の蠅《はえ》が舞い飛んだ。

半兵衛は眉をひそめた。

押し入れの中には蒲団や行李《こうり》などが入っており、異様な臭いが満ちていた。

黴の他に物の腐ったような饐《す》えた臭いがする……。

「音次郎……」

「はい……」

「押し入れの物を出して、床板を開けてみな」

半兵衛は命じた。

「合点です……」

音次郎は、蒲団や行李を引き出し、床板を外した。

数匹の蝿が床下から飛んだ。

「あっ……」

音次郎は床下を覗き込み、思わず声を上げて顔を背《そむ》けた。

半兵衛は、床下を覗いた。

床下には、白髪頭の女の腐乱死体があった。

「やはりな……」

「半兵衛の旦那……」

「おそらく、いつの間にかいなくなった喜助の女房のおしまだろう……」

半兵衛は睨んだ。

「は、はい……」

音次郎は頷いた。

「よし。庄屋に報《しら》せ、坊主を呼んでくれ」

半兵衛は手代に命じた。

「はい……」

手代は、血相を変えて駆け出して行った。

「半兵衛の旦那、おしまさんは……」

「うん。殺された。おそらく茶店の床下に穴を掘った奴らにな……」

半兵衛は睨んだ。

「でも、どうして……」

音次郎は眉をひそめた。

「おそらく、奴らは何かを捜しておしまを責めた。そして、在処《ありか》を訊き出して殺し、茶店に忍び込み、部屋の床下を掘った……」

半兵衛は読んだ。

「じゃあ、茶店の床下にあった何かを……」

「うん。見付けて掘り出したか、それとも……」

「それとも、何ですか……」

「見付けられなかったか……」

「旦那、もし見付けられなかったら、そいつらひょっとしたら藤吉さんやおさきを……」

「ああ。狙うかもしれない……」

半兵衛は、厳しさを滲ませた。

蠅は羽音を鳴らし、煩《うるさ》く飛び廻った。


浜町堀に荷船が行き交った。

半次は、千鳥橋の袂から浜町堀越しに船宿『千鳥』を見張っていた。

船宿『千鳥』は大戸を閉め、商いを始める気配は窺えなかった。

商売は休むのか……。

半次は、船宿『千鳥』の船着場を見た。

船着場には、屋根船や猪牙舟は繋がれていなかった。

昨夜の内に出掛けたのか……。

半次は眉をひそめた。

浜町堀は、大川の三《み》ツ俣《また》に向かって緩やかに流れていた。

元鳥越町の甚兵衛横丁には、物売りの声が長閑《のどか》に響いていた。

平蔵は、物陰から藤吉の家を見張っていた。

昨夜は何事もなく過ぎたが、茶店の部屋の床下に穴を掘った者の狙いが分からぬ限り、油断は出来ない。

平蔵は、藤吉の家を見詰めた。

藤吉の家の腰高障子が開いた。

平蔵は見守った。

藤吉が、おさきに見送られて出て来た。

「じゃあおさき、戸締まりをしっかりとな」

「うん。祖父ちゃんも気を付けて……」

藤吉は、おさきを家に残して出掛けた。

出掛けるのか……。

平蔵は眉をひそめた。

藤吉と一緒に行くか、それとも秘かに追って不審な者が現れるのを待つか……。

平蔵は、迷いながらも藤吉の後を追った。


鳥越明神の境内には、落葉を燃やす煙が立ち昇っていた。

古い茶店は、大戸を閉めたまま変わった様子はなかった。

藤吉は、茶店の周囲に変わった事がないのを見定め、大戸の潜り戸から中に入った。

平蔵は、潜り戸の傍に駆け寄った。


茶店の中は薄暗かった。

藤吉は、店に変わった様子がないのを見定めて奥に進んだ。そして、茶汲場に入った時、潜んでいた中年の男が現れて匕首《あいくち》を突き付けた。

藤吉は息を飲んだ。

初老の男が、二人の手下を従えて奥の部屋から出て来た。

「やあ。藤吉さん……」

初老の男は、茶之湯の宗匠の祥悦だった。

「お前さん……」

藤吉は驚いた。

「藤吉さん、ちょいと尋ねるが、お前さん、此の茶店の前の持ち主の喜助から何か預かっちゃあいないかな……」

祥悦は、薄笑いを浮かべた。

「し、知りません。私は何も預かっちゃあいない……」

藤吉は、嗄《しゃが》れ声を引《ひ》き攣《つ》らせた。

「手前、惚《とぼ》けると只じゃあ済まねえぜ」

中年の男は、藤吉を押さえて喉元に匕首を突き付けた。

次の瞬間、忍び寄った平蔵が中年の男の脇腹を刀の鐔《こじり》で鋭く突いた。

中年の男は、苦しく呻《うめ》いて蹲《うずくま》った。

「藤吉っつあん、早く……」

平蔵は、藤吉を連れて茶店の外に逃げた。

鳥越明神の境内には、僅かだが参拝客が行き交っていた。

平蔵は、藤吉を連れて茶店から参拝客のいる境内に逃れた。

「平さん……」

「此処にいろ、藤吉っつあん……」

平蔵は、藤吉を境内に残し、刀を腰に差して茶店に戻った。

茶店の潜り戸は開いたままだった。

平蔵は、身構えて茶店の中を窺った。

茶店の中には、既に男たちの気配は窺えなかった。

逃げたか……。

平蔵は見定めた。

「やあ、平蔵さん……」

半兵衛が、音次郎を従えてやって来た。

「おお、白縫さん……」

平蔵は声を弾ませた。

「どうかしましたか……」

「うむ。妙な奴らが茶店に潜んでいて、藤吉さんを襲いましてな……」

「藤吉さんを……」

半兵衛は眉をひそめた。

「うん。どうにか助けたが、妙な奴らには逃げられた」

平蔵は、悔しげに告げた。

「して平蔵さん、おさきは……」

半兵衛は尋ねた。

「うん。そうだ。おさきちゃんだ……」

平蔵は、緊張を浮かべた。

「何処です」

「家だ。甚兵衛横丁の家にいる……」

「よし。急ぎ案内して貰おう」

半兵衛は命じた。

三

藤吉の家の腰高障子の戸は、開け放たれていた。

半兵衛と音次郎は、平蔵と藤吉と共に家に駆け込んだ。

家の中には土足の足跡があり、衝立《ついたて》などが倒されていた。

「おさき……」

藤吉は声を震わせた。

「おさきちゃん……」

藤吉と音次郎は、家の中におさきを捜した。だが、おさきは何処にもいなかった。

音次郎は、近所の聞き込みに走った。

茶之湯の宗匠の祥悦と一味の者共は、藤吉を捕まえるのに失敗し、抗《あらが》うおさきを連れ去ったのだ。

「半兵衛の旦那……」

音次郎が戻って来た。

「何か分かったか……」

「はい。斜向《はすむ》かいの煙草屋の婆さんが、妙な奴らがおさきちゃんを無理矢理に駕《か》籠《ご》に乗せて行ったのを見ていましたぜ」

音次郎は告げた。

平蔵は、おさきが連れ去られたと知り、悔しげに呟いた。

「どうやら先廻りをされたようですな」

「ええ。白縫さん、頼む、おさきちゃんを助けてやってくれ。此の通りだ」

平蔵は、半兵衛に白髪頭を深々と下げた。

「云われる迄もありません。平蔵さんは藤吉を頼みます」

「うむ……」

「音次郎、浜町堀だ……」

半兵衛は、音次郎を従えて浜町堀にある船宿『千鳥』に急いだ。

浜町堀の船宿『千鳥』は相変わらず大戸を閉め、訪れる者もいなかった。

出入りする者はいない……。

半次は、戸惑いを覚えた。

まさか……。

船宿『千鳥』には、既に主の伊佐吉や女将のおこうたちはいないのかもしれない。

「おのれ……」

半次は、船宿『千鳥』に駆け寄り、大戸の潜り戸を叩いた。

だが、船宿『千鳥』から返事はなかった。

「くそ……」

半次は焦りを覚えた。

「半次……」

半兵衛が、音次郎を従えて駆け寄って来た。

「旦那……」

「千鳥の奴ら、おさきを連れて来なかったか……」

「いいえ。おさき、連れ去られたんですか……」

「うん。千鳥、店を閉めているのか……」

半兵衛は、大戸を閉めている船宿『千鳥』を見据えた。

「はい。朝から出入りする者もいなく、千鳥は蛻《もぬけ》の殻《から》かもしれません」

半次は報せた。

「よし。構わない。蹴破れ……」

半兵衛は命じた。

半次と音次郎は、大戸の潜り戸を蹴破った。

半次と音次郎、半兵衛は、船宿『千鳥』の店土間に踏み込んだ。

奥から出て来る者はいなかった。

「半兵衛の旦那……」

「検《あらた》めろ……」

半兵衛、半次、音次郎は、船宿『千鳥』の中を調べた。

店、帳場、居間、座敷、客間、台所、奉公人の部屋……。

半兵衛、半次、音次郎は、船宿『千鳥』の中を隈無《くまな》く検めた。

船宿『千鳥』には、おさきは勿論、主の伊佐吉や女将のおこう、そして奉公人たちはいなかった。

「半兵衛の旦那……」

半次と音次郎が、半兵衛の許に来た。

「どうやら、昨夜の内に姿を隠したようだな」

半兵衛は読んだ。

「ええ。千鳥の主の伊佐吉、何者なんですかね……」

半次は、悔しさを露わにした。

「おそらく、藤吉に茶店を譲ってくれと云って来た茶之湯の宗匠だろうな」

「化けていたんですか……」

「うむ。ひょっとしたら伊佐吉、盗賊なのかもしれぬな」

半兵衛は、厳しさを滲ませた。

「盗賊……」

半次と音次郎は緊張した。

「ああ。茶店の前の持ち主の喜助もな……」

「どう云う事ですか……」

「半次、喜助は半年前に死に、女房のおしまは殺されていたよ」

半兵衛は告げた。

「殺されていた……」

「うむ。おそらく喜助は盗賊で茶店の何処かにお宝を隠していた。伊佐吉はおしまを責めてお宝の隠し場所が茶店だと知り、茶之湯の宗匠に化けて藤吉に茶店を譲ってくれと頼んだ。だが、藤吉は断った……」

「それで、夜中に忍び込んで穴を掘って探しましたか……」

「うん。だが、床下にお宝はなかった。そして、今日も秘かに家探しをしていた処に藤吉が現れた。奴らは藤吉が何か知っていると睨み、捕まえて責めようとしたが、平蔵さんに邪魔をされ、代わりにおさきを連れ去った。ま、そんな処だろう……」

半兵衛は読んだ。

「でも旦那、おさきちゃんが何か知っているんですか……」

音次郎は首を捻った。

「いいや。おさきを無事に返して欲しければ、知っている事を話せと、藤吉を脅すつもりだろう」

「じゃあ、奴ら藤吉さんに繋《つな》ぎを……」

音次郎は眉をひそめた。

「きっとな……」

半兵衛は苦笑した。

茶店の部屋の床下が掘られたのに続き、藤吉が襲われておさきが連れ去られた。

何者が何故《なにゆえ》の仕業《しわざ》なのか……。

「藤吉っつあん、茶店の前の持ち主の喜助から、本当に何も聞いてはいないのか……」

平蔵は尋ねた。

「ああ……」

藤吉は、困惑した面持ちで頷いた。

「じゃあ、喜助とは、どんな奴だったのかな」

「さあ、聞く処によれば、喜助さんは時々旅に出ていたそうだが……」

「旅にね……」

平蔵は眉をひそめた。

「ええ……」

「亭主が旅に出て留守がちの茶店、儲《もう》かっていたのかな……」

「さあ、良くわからないが、その頃の茶店には行商人の馴染客が多かったそうでね。それなりに儲かっていたとか。尤《もっと》も私が買ってやるようになってからは、行商人のお客など滅多に来やしませんがね」

「行商人の馴染客か……」

「ええ……」

藤吉は、溜息を洩らした。

風鈴の音が鳴り、腰高障子が叩かれた。

「御免下さい。便り屋《たよや》ですが、此方は藤吉さんのお宅ですか……」

「便り屋……」

藤吉は、怪訝な面持ちで戸口に向かった。

平蔵は、刀を手にして続いた。


便り屋とは、賃銭を取って手紙や荷物を配達する町飛脚《まちびきやく》の一種だ。

便り屋は、藤吉に手紙を届けて帰って行った。

藤吉は、怪訝な面持ちで手紙の封を切って読んだ。

平蔵は見守った。

藤吉の手紙を持つ手が小刻みに震えた。

「藤吉っつあん、誰からの手紙だ……」

平蔵は眉をひそめた。

「へ、平さん……」

藤吉は、手紙を平蔵に差し出した。

平蔵は、手紙を受け取って読んだ。

『おさきを無事に返して欲しければ、役人に報せず、申《さる》の刻七つ（午後四時）迄に一人で浅草橋場《はしば》の正徳寺《しょうとくじ》に来い』

手紙にはそう書かれていた。

「どうする藤吉っつあん……」

平蔵は眉をひそめた。

「おさきの命が懸かっているんだ。行くに決まっている……」

藤吉は声を震わせた。

「よし。ならば私も秘かに付いて行こう……」

平蔵は告げた。

「平さん……」

「食詰めて鳥越明神で行き倒れになった私を助けてくれた藤吉っつあんとおさきちゃんの一大事だ。黙って見過ごす訳にはいかぬ」

「済まない、平さん、此の通りだ」

藤吉は、平蔵に頭を下げた。

「なあに藤吉っつあん、そいつはおさきちゃんを無事に取り戻してからだ」

平蔵は笑った。

元鳥越町から浅草橋場に行くには、新堀川沿いの道を北に進み、東本願寺《ひがしほんがんじ》前から浅草広小路に抜ける。そして、隅田川沿いの花川戸町や今戸町などを進むと橋場町に出る。

藤吉と平蔵は、甚兵衛横丁の家を出て新堀川沿いの道を東本願寺に向かって急いだ。

「伊佐吉たちに呼び出されたんですかね……」

音次郎は、物陰にいる半次に囁いた。

「きっとな。行き先はおそらく浅草だ。俺が尾行《つけ》る。旦那に報せろ」

半次は命じた。

「合点です」

音次郎は、蔵前の通りに走った。

半次は、藤吉と平蔵を尾行た。

茶店の老亭主と白髪頭の浪人は、助け合うように身を寄せ合って新堀川沿いを東本願寺に向かっていた。

隅田川を吹き抜ける風は冷たく、土手道を行き交う人々を足早にしていた。

藤吉と平蔵は、浅草橋場町の渡し場にやって来た。

橋場町の渡し場の渡船は、向島の渡し場と結んでいる。

「藤吉っつあん、申の刻七つ迄は未だ半刻（一時間）近くある筈《はず》だ。私が正徳寺の様子を見て来るから此処で待っていてくれ」

平蔵は告げた。

「大丈夫か、平さん……」

藤吉は、不安を滲ませた。

「なあに、心配するな」

平蔵は、笑みを浮かべて正徳寺に向かった。

藤吉は、平蔵の後ろ姿に手を合わせた。

橋場町の裏通りには、数軒の寺が連なっていた。

平蔵は、荒物屋の店番の婆さんに正徳寺の場所を尋ねた。

「正徳寺ですか……」

婆さんは眉をひそめた。

「ああ。何処かな……」

「正徳寺なら通りの一番奥の寺ですよ……」

婆さんは、胡散臭《うさんくさ》そうに平蔵を見た。

「一番奥か……」

「ええ……」

「どんな寺なのかな。正徳寺は……」

「どんなって、知らないのかい、正徳寺の生臭《なまぐさ》坊主……」

婆さんは苦笑した。

「生臭坊主……」

平蔵は眉をひそめた。

「ああ。浄空《じようくう》って住職、酒と博奕《ばくち》に眼のない酔っ払いの生臭でね。檀家《だんか》の皆さんに愛想尽かしをされ、今にも潰れそうな寺ですよ」

婆さんは嘲《あざけ》りを浮かべた。

「そんな寺なのか……」

「ええ。そろそろ寺銭欲しさに、家作《かさく》を賭場《とば》として博奕打ちに貸すって噂だよ

「……」

「そうか……」

潰れそうな寺の生臭坊主なら、床下に穴を掘り、藤吉を襲い、おさきを連れ去るような奴らと拘わりがあっても不思議はない。

平蔵は睨み、荒物屋の婆さんに礼を云って寺の連なりの奥へと進んだ。

正徳寺の山門は傾き、境内は雑草が伸びて荒れていた。

檀家が愛想尽かしをする訳だ……。

平蔵は苦笑し、境内に忍び込んで庭木の陰に隠れた。

本堂の階《きざはし》には、二人の得体の知れぬ男が腰掛けて賽子《さいころ》遊びをしていた。

見張りか……。

平蔵は、他にもいると睨み、本堂や庫裏《くり》を見廻した。だが、他の者たちは隠れているのか、その姿は見えなかった。

よし……。

平蔵は、石ころを拾って本堂に向かって投げた。

石ころは本堂の板壁に当たって音を鳴らし、軒下の草むらに落ちた。

見張りの二人の男が驚いて立ち上がり、本堂から二人の男が出て来た。

二人の男は、若いお店者と茶店で藤吉に匕首を突き付けた中年男だった。

「どうした……」

若いお店者が訊いた。

「いえ。別に何も……」

見張りの二人は、慌てて云い繕った。

若いお店者と中年男は、鋭い眼差しで境内を見廻した。

平蔵は、庭木の陰に潜んで見守った。

「しっかり見張っていろ……」

中年男は、階にいる二人の見張りに云い残して本堂に戻って行った。

見張りの二人は、腹立たしげに辺りを見廻して階に腰を下ろした。

平蔵は、傾いた山門を素早く走り出た。

平蔵は、正徳寺の傾いた山門を出た。

正徳寺には、若いお店者と中年男、そして二人の見張りの四人がいる。

他にも茶之湯の宗匠と何人かがいる筈だ。

何《いず》れにしろ、おさきが此処に囚《とら》われているのに間違いない。

平蔵は見定めた。

さあて、どうする……。

藤吉を囮《おとり》にしておさきを助け出したとしても、敵の狙い通りになるだけだ。

斬り棄てるのは容易だが、一人でおさきを助け出すのは難しい。

平蔵は思案した。

「手伝う事はあるかな……」

半兵衛の声が掛けられた。

平蔵は振り返った。

半兵衛が、半次や音次郎を従えていた。

「白縫さん……」

平蔵は、戸惑いを浮かべた。

「おさき、此処に囚われていますか……」

半兵衛は、正徳寺を眺めた。

「おそらく間違いありますまい……」

平蔵は頷いた。

「そうですか。して人数は……」

「本堂の階に二人、本堂の中に少なくとも二人以上……」

「分かりました。私と半次が表から行って奴らを引き付けます。平蔵さんは音次郎と裏から踏み込み、先《ま》ずはおさきを助け出して下さい」

半兵衛は、段取りを告げた。

「ありがたい。そうしてくれますか……」

平蔵は、微かな安堵を滲ませた。

「ええ。半次、音次郎、聞いての通りだ。手向《てむ》から者に容赦は要らぬ。先ずはおさきを無事に助け出す」

半兵衛は命じた。

「承知……」

半次と音次郎は頷いた。

「ならば平蔵さん、音次郎と裏に廻り、土塀を乗り越えて下さい。私は半次とその頃を見計らって踏み込みます」

「心得た……」

平蔵は頷いた。

「じゃあ……」

音次郎は、平蔵を促して正徳寺の裏手に廻って行った。

「旦那……」

「うん……」

半兵衛と半次は、正徳寺の傾いた山門に近づき、中の様子を窺った。

本堂の階で、賽子遊びをしている二人の見張りが見えた。

「本堂の階に見張りが二人、中に少なくとも二人。おさきは本堂の中ですかね」

半次は読んだ。

「おそらくな。よし、じゃあ、そろそろ行くか……」

半兵衛は頃合いを見計らい、半次を従えて傾いた山門を潜った。

四

正徳寺の傾いた山門は、軋《きし》みを鳴らした。

二人の見張りは、傾いた山門を怪訝に見た。

半兵衛と半次が、雑草の伸びている境内をやって来た。

「さ、左助の兄貴……」

見張りは驚き、本堂の中に叫んだ。

「どうした……」

本堂から出て来た左助が、半兵衛と半次を見て僅かに狼狽《うろた》えた。

「やあ。おさきを返して貰おうか……」

半兵衛は笑い掛けた。

「な、何ですかい、おさきってのは……」

左助は、狼狽えながらも惚《とぼ》けた。

「左助、下手に惚けると命取りになるよ」

半兵衛は苦笑し、本堂の階に進んだ。

「野郎……」

二人の見張りは、半兵衛に飛び掛かった。

半兵衛は、十手を一閃した。

鈍い音がし、見張りの一人が肩を押さえて境内に倒れ込んだ。

「退《ど》け……」

半次は、もう一人の見張りの横面を十手で殴り飛ばした。

もう一人の見張りは、鼻血を飛ばして境内に叩き付けられた。

「頭、みんな……」

左助は叫んだ。

本堂から男たちが現れ、半兵衛と半次に襲い掛かった。

半兵衛と半次は、左助たちと猛然と闘った。


音次郎と平蔵は、土塀を乗り越えて正徳寺に入り、本堂に進んだ。

境内での闘いの怒声が響く本堂には、茶之湯の宗匠の祥悦が外の様子を窺い、
中年男が縛り上げたおさきを押さえていた。

音次郎は忍び寄り、中年男を背後から蹴り飛ばした。

中年男は、前のめりに飛ばされて倒れた。

「おさきちゃん……」

平蔵は、おさきに駆け寄った。

「おじさん……」

おさきは、顔を安堵に輝《かが》かせた。

平蔵は、おさきを抱き抱えて背後に下がり、縄を切った。

「おじさん……」

おさきは、大きな吐息を洩らした。

「もう大丈夫だ。怪我はないか……」

平蔵は、おさきを励ました。

「はい……」

おさきは頷いた。

音次郎は、匕首を振るう中年男と祥悦を必死に食い止めていた。

「此処を動くんじゃない……」

平蔵は、おさきに告げて無雑作に中年男と祥悦の前に進んだ。

祥悦は、身を翻《ひるがえ》して逃げた。

中年男は、祥悦を逃がそうと平蔵に匕首で突き掛かった。

平蔵は、無雑作に刀を一閃した。

中年男の匕首を握った手首が斬り飛ばされ、本堂の壁に血の痕《あと》を残して床に転がった。

音次郎は眼を瞠《みは》った。

中年男は、悲鳴をあげて昏倒した。

音次郎は、慌てて祥悦を追った。

平蔵は、小さな吐息を洩らした。

半兵衛と半次が、縛り上げた左助を引き立てて本堂に踏み込んで来た。

「音次郎さんは、逃げた祥悦を追った」

平蔵が報せた。

「旦那……」

「うん……」

半次は、縛り上げた左助を残して音次郎を追って走り出た。

半兵衛は、昏倒している中年男と転がっている匕首を握った手首を見較べた。

「中々《なかなか》の腕ですな……」

半兵衛は感心した。

「お恥ずかしい。昔取った杵柄《きねづか》です。処《ところ》で白縫さん、お蔭でおさきちゃんをこうして無事に取り戻せた。藤吉さんも喜ぶでしょう。礼を申します」

平蔵は、半兵衛に頭を下げた。

「ありがとうございました」

おさきは続いた。

「いや。礼には及ばない。早く藤吉さんにおさきの元気な顔を見せてやるんだね」

半兵衛は微笑んだ。

「忝《かたじけな》い。では。おさきちゃん、祖父ちゃんが待っているぞ」

「はい……」

おさきは頷き、半兵衛に一礼して平蔵と本堂から出て行った。

「旦那……」

半次と音次郎が戻って来た。

「茶之湯の宗匠の祥悦はどうした」

「逃げられました」

音次郎は悔しげに告げた。

「そうか。ま、良いさ……」

半兵衛は、縛られている左助を示した。

左助は微かに震えた。

「さあて、左助、大番屋で詳しい事を話して貰うよ」

半兵衛は、左助に笑い掛けた。

隅田川を吹き抜ける川風は、橋場の船着場に佇む藤吉の不安を募らせていた。

「祖父ちゃん……」

おさきは、藤吉の許に走った。

「おさき……」

藤吉は、老顔を喜びに輝かせた。

「祖父ちゃん……」

おさきは、藤吉に抱き付いた。

「怪我はないか、無事だったか……」

藤吉は、涙を滲ませておさきを見廻した。

「ええ。おじさんと白縫さまたちが助けてくれて……」

「白縫さまが……」

藤吉は、平蔵に怪訝な眼を向けた。

「ああ。藤吉さん、白縫半兵衛さん、ああ見えて中々《なかなか》の切れ者だよ」

平蔵は苦笑した。

大番屋の詮議場に灯された燭台《しよくだい》の火は、小刻みに震えていた。

半次と音次郎は、左助を冷たい土間に引き据えた。

半兵衛は、座敷の框《かまち》に腰掛けて左助を厳しく見据えた。

「さあて左助、茶之湯の宗匠の祥悦は浜町堀の船宿千鳥の主の伊佐吉だな」

半兵衛は尋ねた。

左助は、不貞腐《ふてくさ》れたように顔を背けた。

「左助、黙っていると、向島でおしまを殺し、茶店を荒し、おさきを拐《かどわ》かした罪、お前一人で背負い、磔獄門《はりつけごくもん》になって貰う事になるぜ」

半次は、左助を脅した。

「そんな……」

左助は驚き、喉を引《ひ》き攣《つ》らせた。

「旦那もお忙しい身体だ。お前にすべての罪科《つみとが》を擦《なす》り付《つ》けるなんざ、造作も要らねえ事だぜ」

半次は嘲笑《あざわら》った。

「そ、そんな……」

左助は怯《おび》え、狼狽《うろた》えた。

「左助、間尺《ましやく》に合わないと思うなら、何もかも正直に吐くんだな……」

半兵衛は勧めた。

「はい。仰る通り、茶之湯の宗匠の祥悦は船宿千鳥の伊佐吉です」

左助は項垂《うなだ》れた。

「それだけかな……」

半兵衛は、左助に笑い掛けた。

左助は僅かに怯んだ。

「左助、伊佐吉とお前たちは盗賊だね」

半兵衛は、左助を見据えて尋ねた。

「は、はい……」

左助は俯《うつむ》き、頷《うなず》いた。

「で、鳥越明神の茶店の元の亭主の喜助もな。そうだろう……」

半兵衛は苦笑した。

「はい……」

左助は、何もかも知っている半兵衛に微かな畏怖《いふ》を覚えた。

「で、お前たちは何て盗賊なんだい……」

「招き猫の喜助って盗賊の一味です」

左助は、吐息混じりに吐いた。

「招き猫の喜助ね。して、伊佐吉は……」

「小頭《こがしら》です」

「小頭か。で、盗人宿《ぬすつとやど》の浜町堀の船宿千鳥の留守居役だな……」

半兵衛は読んだ。

「は、はい……」

「で、伊佐吉とお前たちは、何が狙いで茶店の床下を掘ったんだい……」

「そいつは、喜助のお頭が押し込みの分け前は、熱《ほとぼり》が冷めてから渡すと云ったまま、五年前に卒中で倒れちまって……」

「じゃあ、押し込みで奪った金を探して、茶店の部屋の床下を掘ったのか……」

「はい。お頭の卒中、治るかと思っていたのですが、半年前にいきなり死んじまって……」

「それで、残された喜助の女房のおしまを責めたのだな」

「はい。何と云ってもその時の押し込みで奪った金は千二百両。一味の皆で分けても一人百両以上、それで、おかみさんを……」

「それでおしまは、奪った千二百両、奥の部屋の床下だと云ったのか……」

「いいえ。おかみさんは知らぬ存ぜぬと。で、伊佐吉の小頭が怒って殴ったら倒れて、そのまま……」

「死んだのか……」

「呆気《あっけ》なく……」

左助は頷いた。

「それで、茶店の奥の部屋の床下に隠していると睨んだか……」

半兵衛は読んだ。

「はい。で、小頭が茶店の床下を掘ると云い出して……」

「だが、床下に金はなく、茶店を居抜きで買い取った藤吉が先に見付けたと思ったのだな」

半兵衛は睨んだ。

「はい。小頭の伊佐吉がおそらくそうだろうと……」

左助は苦笑した。

「よし。して、伊佐吉は今何処にいるんだ……」

半兵衛は微笑んだ。

深川六間堀《ふかがわろつけんぼり》は、本所竪川《たてかわ》と深川小名木川《おなぎがわ》を南北に結ぶ掘割《ほりわり》だ。

半兵衛、半次、音次郎は、本所竪川沿いから六間堀沿いの道に進んだ。そして、六間堀沿いから五間堀《ごけんぼり》に曲がった。

五間堀には弥勒寺橋《みろくじばし》が架かっており、北詰に萬徳山《まんとくざん》弥勒寺があった。

半兵衛、半次、音次郎は、弥勒寺橋の南詰に広がる森下町《もりしたちょう》に入った。

五間堀沿いには板塀の廻された家があった。

「此処ですかね……」

半次は、板塀の廻された家を示した。

家の前の五間堀には船着場があり、繋がれた猪牙舟が揺れていた。

「間違いあるまい……」

半兵衛は、板塀の廻された家を眺めた。

板塀の木戸が開いた。

半兵衛、半次、音次郎は、咄嗟《とっさ》に物陰に隠れた。

旅姿の伊佐吉とおこうが二人の男と木戸から現れ、辺りを窺いながら船着場に向かった。

「旦那、左助の云った通りですね」

音次郎は、緊張を滲ませた。

「伊佐吉の野郎、おこうを連れて猪牙で江戸から逃げるつもりですぜ」

半次は読んだ。

「よし。お縄にするよ」

「承知……」

半次と音次郎は頷いた。

半兵衛は、船着場に向かう伊佐吉とおこうたちの行く手に立ちはだかった。

半次と音次郎は、伊佐吉たちの背後を素早く塞《ふさ》いだ。

「盗賊招き猫一味の伊佐吉。神妙にお縄を受けるのだな……」

半兵衛は告げた。

「煩《うる》せえ。退《ど》け……」

一緒にいた二人の男が、長脇差を抜いて半兵衛に斬り掛かった。

半兵衛は、腰を沈めて刀を抜き放った。

閃光が縦横に走った。

二人の男は、揃って太股を斬られ、棒のように倒れた。

伊佐吉とおこうは、身を翻して逃げようとした。

半次と音次郎が飛び掛かり、十手で容赦なく殴り飛ばした。

伊佐吉とおこうは、悲鳴を上げて倒れた。

「神妙にしろ……」

半次と音次郎は、抗う伊佐吉とおこうに素早く捕り縄を打った。

「伊佐吉、此迄《これまで》だよ……」

半兵衛は、伊佐吉を嘲笑った。


小頭の伊佐吉も捕縛され、盗賊招き猫一味の残党は壊滅した。

半兵衛は、伊佐吉を厳しく詮議した。

伊佐吉の自供は、左助の申し立て通りだった。

「して伊佐吉、眠り猫の喜助一味が千二百両を奪った相手は何処の誰だ」

半兵衛は、伊佐吉を厳しく見据えた。

「武州《ぶしゅう》岩槻《いわつき》藩の城の金蔵を破ったのです」

伊佐吉は告げた。

「岩槻藩の城の金蔵を破り、荒川《あらかわ》を使って金を運んだか……」

「はい。そして、荒川から隅田川に入り、元鳥越に……」

招き猫の喜助と伊佐吉たちは、岩槻藩の金蔵を破って奪った千二百両を鳥越明神の茶店に秘かに運び込んだのだ。

半兵衛は、茶店に隠されていると云う千二百両の金の出処《でどころ》を知り、半次と音次郎に何事かを命じた。

半次と音次郎は頷き、大番屋を出て岩槻藩江戸屋敷に急いだ。

さあて、どうなるか……。

半兵衛は眉をひそめた。

鳥越明神の境内には、近所の子供たちの遊ぶ声が響いていた。

半兵衛は、鳥越川に架かっている甚内橋を渡って鳥越明神の鳥居を潜った。

参道の茶店は大戸を閉めたままだった。

半兵衛は、茶店の前に佇んだ。

「半兵衛の旦那……」

半次と音次郎が、茶店の脇から出て来た。

「来ているのか……」

「はい。岩槻藩元金蔵奉行松本《まつもと》平蔵。金蔵を盗賊に破られ、千二百両を奪われた責めを取って腹を切った金蔵奉行松本敬一郎《けいいちろう》の父親だそうです」

半次は報せた。

「成《な》る程《ほど》、そう云う事か……」

玩具売りの平蔵こと松本平蔵は、金蔵を破られて腹を切った岩槻藩金蔵奉行の松本敬一郎の父親だった。平蔵は、岩槻藩の金蔵を破った盗賊招き猫一味を追って江戸に来たのだ。

「よし、じゃあ行くよ……」

半兵衛は、半次と音次郎を従えて茶店に向かった。


大戸の潜り戸は開いた。

差し込む光は、店内の隅に飾られた古い大きな招き猫を照らした。

半兵衛は、半次や音次郎と薄暗い店内に踏み込んだ。

店の奥に松本平蔵がいた。

「やあ。松本平蔵さん……」

半兵衛は笑い掛けた。

「どうやら、私の素性を突き止めたようですな……」

平蔵は、〝松本平蔵〟と呼んだ半兵衛を見て苦笑した。

「ええ。腹を切った金蔵奉行の御子息に代わっての探索ですか……」

「如何《いか》にも。そして、盗賊共を斬り棄てて奪われた金を取り戻す。それが、隠居の私に残された此の世《よ》で最期の役目……」

平蔵は、微かな淋しさを過ぎらせた。

「それで、城の金蔵を破って金を奪ったのが盗賊の招き猫の喜助だと突き止め、手掛かりを追って江戸は鳥越明神の茶店に辿り着いた。しかし、喜助は既に卒中で倒れて死んでおり、茶店は藤吉の手に渡っていましたか……」

半兵衛は読んだ。

「左様。それ故、私は藤吉とおさきに近づき、奪われた金を秘かに探した……」

「そして、茶店の奥の部屋の床下が掘られましたか……」

半兵衛は苦笑した。

「ええ。それで、奪われた金は、此の茶店の何処かに未だあるのだと……」

「金蔵を破った盗賊招き猫の喜助は既に死に、小頭の伊佐吉を始めとした手下共は捕縛された今、残るは奪われた金を見付ける事だけですか……」

半兵衛は睨んだ。

「ええ。だが、店の何処を探しても金はない」

平蔵は、店内を見廻した。

「そうですか……」

半兵衛は、店内の隅の神棚に手を合わせて、台の上に飾られている古い大きな招き猫を動かそうとした。だが、招き猫は動かなかった。

平蔵は眉をひそめた。

半兵衛は、招き猫に向かって抜き打ちの一刀を斬り上げた。

招き猫の首と招く手が斬り飛ばされ、中から光り輝く小判が音を立てて零《こぼ》れ落ちた。

「おお……」

平蔵は眼を輝かせた。

半次と音次郎は驚いた。

「盗賊招き猫か……」

半兵衛は苦笑した。

小判は煌めき、首の無い招き猫から零れ落ち続けた。

盗賊招き猫一味の小頭伊佐吉たちは、死罪に処せられた。

松本平蔵は、招き猫に隠されていた千二百両を持って船で岩槻藩に帰った。

半兵衛はそれを許し、伊佐吉たちが探した金は何処にもなかったとした。

「良いんですか、旦那……」

音次郎は首を捻った。

「音次郎、世の中には私たちが知らん顔をした方が良い事もあるさ……」

半兵衛は苦笑した、

「そりゃあそうですが。一両ぐらいは……」

音次郎は、未練を残していた。

「音次郎……」

半次は苦笑し、窘《たしな》めた。

「お待たせしました……」

おさきが、店先の縁台に腰掛けている半兵衛、半次、音次郎に茶を持って来た。

「うむ……」

半兵衛は茶を啜《すす》った。

「おさき、平蔵さんがいなくなって淋しくなったな……」

「はい。お元気なら良いんですが……」

半兵衛とおさきは、平蔵が玩具を売っていた場所を眺めた。

鳥越明神の境内には、遊ぶ子供たちの楽しげな笑い声が響いた。

第四話　虎落笛《もがりぶえ》

一

木枯しは枯葉を散らせ、不忍池に小波《さざなみ》を走らせていた。

冷たい風が吹き抜け、半兵衛の裾《すそ》を帯に入れた巻羽織を膨《ふく》らませた。

町を行く人々は、冷たい風に身を縮めて足早だった。

半兵衛は、半次や音次郎と市中見廻りで下谷広小路にやって来た。

冷たい風が吹き抜けた。

「よし。ちょいと早いが蕎麦でも手繰《たぐ》って温まるか……」

半兵衛は、冷たい風に背を向けた。

「いいですね」

半次は頷いた。

「ありがたい……」

音次郎は、鼻水を啜《すす》って喜んだ。

半兵衛は、不忍池近くの上野元黒門町《もとくろもんちょう》にある馴染《なじみ》の蕎麦屋の暖簾《のれん》を潜った。

「あっ。いらっしゃいませ……」

小女のおたまが、半兵衛、半次、音次郎を声を弾ませて迎えた。

「邪魔するよ、おたま。熱燗《あつかん》と温かい蕎麦を頼む……」

半兵衛は注文し、入れ込みに上がった。

「はい。只今《ただいま》……」

おたまは、板場に入った。

半兵衛は、半次や音次郎と入れ込みの奥の衝立《ついたて》の陰に座った。

「ちょいと御免為《な》すって……」

音次郎は、半兵衛と半次に背を向け、手拭を顔に当てて嚔《くしゃみ》をした。

「風邪《かぜ》をひくなよ……」

半次は心配した。

「はい……」

音次郎は、手拭で顔を拭った。

「いよいよ冬だな……」

半兵衛は、風に震える窓の障子を眺めた。

「おまちどおさまです」

おたまが、湯気を漂わす熱燗の徳利《とつくり》を持って来た。

「おう……」

半兵衛は猪口《ちよこ》を手にした。

「はい。どうぞ……」

おたまは、熱燗の徳利に布巾《ふきん》を巻いて持ち、半兵衛、半次、音次郎に酌《しやく》をした。

「戴くよ……」

半兵衛は酒を飲んだ。

半次と音次郎が続いた。

「ああ。温まる……」

音次郎は、吐息混じりに洩らした。

「うん。一息吐くな……」

半兵衛は、小さな笑みを浮かべた。

「旦那……」

半次は、半兵衛に酌をした。

「音次郎さん、風邪ひいたの……」

おたまは眉をひそめた。

「なあに、風邪気味って処《ところ》だ。酒を飲めば治るさ……」

音次郎は笑い、半兵衛と半次に酌をし、手酌で酒を飲んだ。

「音次郎、無理をせず、家に帰って休んでも良いんだぞ」

半兵衛は勧めた。

「いいえ。どうって事はありませんよ」

音次郎は強がった。

「それなら良いが……」

半兵衛は苦笑した。

「おまちどおさま、温かい蕎麦ですぜ」

店主で親方の善八《ぜんぱち》が、湯気を漂わせている蕎麦を持って来た。

半兵衛、半次、音次郎は、温かい蕎麦を肴《さかな》に熱燗を飲んだ。

「おう……」

僅かな刻が過ぎた。

「ああ。温まった。風邪なんか吹っ飛びましたぜ」

音次郎は笑った。

「お邪魔しますよ……」

粋《いき》な形《なり》の年増《としま》が入ってきた。

「いらっしゃいませ」

おたまは、粋な形の年増を迎えた。

「あられ蕎麦を下さいな」

粋な形の年増は、隅の衝立の陰に座りながら注文した。

「はい。あられ蕎麦一つ……」

おたまは、板場の親方に告げた。

あられ蕎麦とは、かけ蕎麦の上に海苔《のり》を敷き、青柳《あおやぎ》の小柱《こばしら》を散らしたものだ。

「ねっ。表に桜の絵柄の半纏《はんてん》を着た遊び人がいないか見てくれない」

粋な形の年増は、おたまに頼んだ。

「えっ。はい……」

おたまは、戸惑いながら腰高障子を開けて外を見廻した。

粋な形の年増は、落ち着かない風情《ふぜい》でおたまの様子を見守った。

「何なんですかね……」

音次郎は囁いた。

「うむ……」

半兵衛は眉をひそめた。

「お客さん、桜の絵柄の半纏を着た人、いませんよ」

おたまは、腰高障子を閉めて粋な形の年増に告げた。

「あら、そう。造作を掛けたわね。ありがとう……」

粋な形の年増は、おたまに笑顔で礼を云った。

「おまちどおさま。あられ蕎麦ですぜ」

善八が板場から現れ、あられ蕎麦を粋な形の年増の許に運んだ。

「あら、美味しそう。戴きます……」

粋な形の年増は、あられ蕎麦を食べ始めた。

「さあて、そろそろ行くか……」

半兵衛は、巻羽織の裾を下ろした。

「はい。じゃあ、あっしがお代を払って行きます。旦那は音次郎と先に……」

半次は告げた。

「うん。じゃあ……」

半兵衛は、一朱銀を半次に渡した。

「毎度ありがとうございました……」

半兵衛と音次郎は、おたまの声に送られて蕎麦屋を出た。

冷たい風は治まり、下谷広小路には多くの人が行き交っていた。

半兵衛と音次郎は、蕎麦屋に並ぶお店の軒下を進み、筆屋の路地に入った。そして、蕎麦屋の向かい側を窺った。

「旦那、斜向《はすむ》かいの小間物屋《こまものや》です……」

音次郎が、蕎麦屋の斜向かいにある小間物屋の横手の路地を示した。

小間物屋の路地には、桜の絵柄の半纏を着た遊び人がおり、行き交う人を窺っていた。

「やはりな……」

半兵衛は苦笑した。

「いましたね。桜の半纏の遊び人……」

「ああ。粋な形をした年増を見失い、この辺りの何処かに隠れたと睨《にら》み、出て来るのを待っているのだろう」

半兵衛は読んだ。

半次が追って来た。

「如何《いかが》ですか……」

「斜向かいの小間物屋の路地だ……」

半兵衛は示した。

「やっぱり、いましたか……」

半次は、桜の半纏の遊び人を見詰めた。

「して、粋な形の年増は……」

「あられ蕎麦を食べていましたよ」

「ほう。良い度胸だな……」

「ええ。素人《しろうと》じゃありませんね」

「うん。あの年増が桜の半纏の遊び人に追われているのは間違いないね」

半兵衛は読んだ。

「ええ。何処の誰なんですかね。あの年増と桜の半纏の遊び人……」

半次は眉をひそめた。

「そして、二人の間に何があったかだ……」

「旦那、親分……」

粋な形の年増が、おたまに見送られて蕎麦屋から出て来て不忍池に向かった。

桜の半纏を着た遊び人は、小間物屋の路地を出て粋な形の女を追った。

「さあて、何が起こるか追ってみるか……」

半兵衛は笑った。

「承知……」

半次と音次郎は頷いた。

半兵衛、半次、音次郎は、粋な形をした年増を尾行《つけ》る桜の半纏を着た遊び人を追った。


不忍池の畔《ほとり》に人気《ひとけ》はなく、色取り取りの枯葉が舞い散っていた。

粋な形の年増は、落葉を踏んで不忍池の畔を足早に進んだ。

桜の半纏の遊び人は、畔に人気がないのを見定めて足取りを速めた。

「旦那……」

半次は眉をひそめた。

「よし。私が割って入る。半次と音次郎は手分けして二人の名と素性《すじよう》をな……」

半兵衛は命じた。

「承知……」

半次と音次郎は頷いた。


桜の半纏の遊び人は、粋な形の年増の背後に迫った。

「あっ……」

粋な形の年増は、桜の半纏の遊び人に気が付いて逃げた。

「待て……」

桜の半纏の遊び人は、粋な形の年増に追い縋《すが》って捕まえた。

「何するんだい、放しな……」

粋な形の年増は、桜の半纏の遊び人の手を振り払った。

「煩《うる》せえ。手前、誰に頼まれて旦那を付け廻すんだ……」

桜の半纏の遊び人は、粋な形の年増に摑《つか》み掛かった。

「旦那なんて知らないよ」

粋な形の年増は抗《あらが》った。

桜の半纏の遊び人は、粋な形の年増を突き飛ばした。

粋な形の年増は、落葉の上に倒れた。

「手前、痛い目に遭いたいのか……」

桜の半纏の遊び人は、倒れた粋な形の年増を見下ろして凄《すご》んだ。

「な、何するんだい……」

粋な形の年増は、倒れたまま後退《あとずさ》りした。

「何をしている……」

半兵衛が怒鳴り、駆け寄って来た。

「くそ……」

桜の半纏の遊び人は、悔しげに顔を歪《ゆが》めて傍らの雑木林に逃げ込んだ。

粋な形の年増は立ち上がった。

半兵衛は、粋な形の年増に駆け寄った。

「どうした。大丈夫か……」

「はい。お蔭さまで……」

粋な形の年増は、着物の胸元を直した。

「そうか。して、何があったのだ」

「えっ、ええ。何処の馬鹿か知りませんけど、ちょいと付き合えって誘って来たんですよ」

「ちょいと付き合えだと……」

粋な形の年増は、本当の事を隠している。

半兵衛は眉をひそめた。

「はい。それで断《ことわ》ったら、急に突き飛ばされましてね。酷《ひど》い奴ですよ」

「そうか……」

「旦那、危ない処《ところ》をありがとうございました」

粋な形の年増は、半兵衛に深々と頭を下げて礼を述べた。

「いや。ま、気を付けて帰るんだな……」

「はい。じゃあ……」

粋な形の年増は、不忍池の畔を足早に立ち去って行った。

半兵衛は見送った。

冷たい風が再び吹き始め、枯葉が舞い散った。

桜の半纏の遊び人は、不忍池の雑木林から茅町《かやちょう》の裏通りを抜け、明神下の通りに向かった。

半次は、充分な距離を取って巧みに尾行《つけ》た。

桜の半纏の遊び人は、明神下の通りを神田川に架かっている昌平橋に足早に進んだ。

半次は追った。


粋な形の年増は、不忍池の畔から切通しを抜けて湯島天神の女坂《おんなざか》に向かった。

音次郎は尾行た。

粋な形の年増は、女坂から湯島天神の境内に入った。そして、本殿に手を合わせて湯島天神を通り抜けた。

何処に行く……。

音次郎は追った。

粋な形の年増は、湯島天神前の通りを進んで妻恋町《つまごいちょう》に入った。

音次郎は、慎重に尾行た。

粋な形の年増は、妻恋町の裏通りに進んで古い板塀に囲まれた家に入って行った。

音次郎は見届けた。

神田川の流れは、様々な落葉に彩《いろど》られていた。

桜の半纏の遊び人は、神田川に架かっている昌平橋を渡り、八ツ小路を神田須田町の通りに進んだ。

半次は尾行た。

桜の半纏の遊び人は、須田町、通新石町《とおりしんこくちょう》、鍋町と進み、神田鍛冶町《かじちょう》二丁目にある大店《おおだな》の前に立ち止まった。

半次は、素早く向かい側の店の連なりの路地に潜んだ。

桜の半纏の遊び人は、鋭く辺りを見廻して不審な者がいないのを見定め、大店の暖簾を潜った。

半次は、桜の半纏の遊び人の入った大店の正面に進んだ。

大店には『薬種問屋秀霊堂《しゅうれいどう》』と書かれた看板が掲げられ、何枚もの大名旗本家御用達《ごようたし》の金看板が掛けられていた。

薬種問屋の秀霊堂……。

半次は見届けた。

「裏通りの板塀に囲まれた家かい……」

妻恋町の老木戸番の茂平《もへい》は、裏通りの方を眺めた。

「ええ。粋な形の年増が住んでいる家ですが、知っていますか……」

音次郎は尋ねた。

「ああ……」

老木戸番の茂平は、粋な形の年増を知っていた。

「粋な形の年増、何て名前ですかい……」

「おゆりさんだよ……」

茂平は告げた。

「おゆりさん……」

「ああ。元は吉原《よしわら》の新造《しんぞう》でね。五年前に呉服屋の御隠居に身請《みう》けされたんだが、今年の春に御隠居が頓死《とんし》してね。以来、御隠居が残してくれたあの家で婆やと二人で暮らしているんだぜ……」

茂平は、おゆりの素性を語った。

〝新造〟とは、吉原の花魁《おいらん》に続く遊女の呼び名である。

「へえ。そうなんだ……」

音次郎は、粋な形の年増の名とその素性を知った。


半刻(一時間)が過ぎた。

半次は、桜の半纏の遊び人が出て来るのを斜向かいの甘味処《かんみどころ》で待った。

「へえ。秀霊堂の旦那、一代でこんな大店を築いたのかい……」

半次は、安倍川餅《あべかわもち》を食べ終え、茶を啜《すす》りながら甘味処の初老の女将《おかみ》に訊いた。

「ええ。勘三郎《かんさぶろう》の旦那、商売上手の遣り手《やりて》だそうですからねえ……」

女将は、戸口の外に見える薬種問屋『秀霊堂』を眺めた。

「ま、あれだけ御用達の金看板があるからには、商売上手なのは間違いないだろうな」

半次は頷いた。

「でもね親分さん、あの金看板、全部が本物かどうか分かりませんよ」

女将は苦笑した。

「えっ。どう云う事だい……」

半次は訊き返した。

「此処だけの話ですがね、金看板のお大名やお旗本の半分は、秀霊堂がお金を払って名前を借りているって噂ですよ」

女将は眉をひそめた。

「へえ。それで店の格と信用を上げているって寸法か……」

「まあ。そんな処ですかねえ……」

女将は頷いた。

「成る程《なるほど》。勘三郎の旦那、流石《さすが》に商売上手だね……」

半次は苦笑した。

秀霊堂から桜の半纏の遊び人が出て来た。

「女将さん、あの野郎、誰か知っているかな」

半次は、女将に桜の半纏の遊び人を示した。

「ああ。遊び人の仁吉《にきち》って、勘三郎旦那の使い走りですよ……」

「遊び人の仁吉……」

「ええ……」

女将は頷いた。

遊び人の仁吉は、軽い足取りで八ツ小路に向かった。

「じゃあ女将さん、又《また》来るぜ……」

半次は、女将に多めの安倍川餅代を握らせて遊び人の仁吉を追った。

二

神田八ツ小路は、昌平橋、淡路坂《あわじざか》、駿河台《するがだい》、三河町筋《みかわちよう》、連雀町、須田町、柳原通り、筋違御門の八方に通じる処から付けられた名だ。

遊び人の仁吉は、八ツ小路の手前を西に曲がって町並みに進んだ。

連雀町だ……。

半次は、慎重に尾行した。

仁吉は、連雀町に入って裏通りに進んだ。そして、梅の古木のある古い長屋の木戸を潜った。

半次は、木戸に駆け寄って古い長屋を見た。

仁吉は、古い長屋の奥に入った。

此処か……。

半次は、薬種問屋『秀霊堂』の主勘三郎の使い走りの仁吉の塒《ねぐら》を見定めた。

囲炉裏《いろり》の火は燃え上がり、鍋の底を包んだ。

鍋の中には、鶏肉、大根、里芋、椎茸《しいたけ》、葱《ねぎ》などが入っていた。

半兵衛は、得意の鳥鍋の仕度をして半次と音次郎の帰りを待っていた。

半次と音次郎は、日暮れに前後して半兵衛の組屋敷に帰って来た。

「やあ。御苦労だったね。温まってくれ……」

半兵衛は労い、仕度した鳥鍋を囲炉裏に掛けて半次と音次郎に熱燗を勧めた。

半次と音次郎は、熱燗で冷えた身体を温めながら突き止めて来た事を報せた。

「さあ、煮えた。遠慮無くやってくれ」

半兵衛は、半次と音次郎に鳥鍋を勧めた。

「はい。じゃあ……」

音次郎は、半兵衛と半次の小鉢に鳥鍋を装《よそ》って渡し、自分の小鉢を大盛りにして食べた。

「ああ。美味い……」

音次郎は唸《うな》った。

「そうか、そいつは良かった」

半兵衛は苦笑した。

「はい……」

音次郎は、嬉しげに頷いた。

「で、粋な形の年増はおゆり、桜の半纏の遊び人は仁吉か……」

半兵衛は熱燗を飲んだ。

「旦那。おゆりは頓死した呉服屋の隠居に囲われており、仁吉は薬種問屋秀霊堂の勘三郎の使い走り。その辺からみると、おゆりと仁吉の拘《かか》わりは、頓死した呉服屋の隠居と秀霊堂の勘三郎にあるのかもしれませんね」

半次は読んだ。

「おそらくね。気になるのは、おゆりを身請けして囲った呉服屋の隠居の頓死だね」

半兵衛は告げた。

「隠居の頓死に秀霊堂の勘三郎が拘わっているかもしれませんか……」

半次は眉をひそめた。

「うん。明日からその辺をちょいと当たってみるか……」

半兵衛は鳥鍋を食べ、熱燗を飲んだ。

五年前、吉原の新造だったおゆりを身請けして妻恋町に囲ったのは、下谷広小路上野北大門町《きただいもんちよう》の呉服屋『越乃屋《こしのや》』の隠居の宗右衛門《そうえもん》だった。その隠居の宗右衛門は、今年の春に急な病で頓死をしていた。

急な病とは何か……。

半兵衛は、半次や音次郎と上野北大門町の自身番を訪れ、呉服屋『越乃屋』の隠居の宗右衛門の急な病が何か尋ねた。

「詳しくは分かりませんが、卒中《そつちゆう》じゃあないかと云われていますよ」

自身番に詰めている家主は、首を捻《ひね》りながら答えた。

「卒中か……」

「はい。何でも池之端《いけのはた》の水月《すいげつ》って料理屋で人に逢い、北大門町の越乃屋に帰って来た直後に倒れ、そのまま……」

家主は眉をひそめた。

「息を引き取ったのか……」

「はい。旦那の宗助《そうすけ》さんたちが直《す》ぐにお医者を呼んだのですが、手遅れだったとか。お気の毒に……」

「そうか……」

「隠居の宗右衛門さま、以前から何か患《わずら》っていたような事はなかったんですか……」

半次は尋ねた。

「さあ、そんな話は聞いちゃあいないな」

「そうですか……」

「処《ところ》で隠居の宗右衛門の弔《とむら》いに、神田鍛冶町の薬種問屋秀霊堂の主の勘三郎って人は来ていなかったかな……」

もし、宗右衛門と勘三郎に何らかの拘わりがあったら、弔いに来ていたかもしれない。

半兵衛は読んだ。

「さあ、手前は存じませんが、お前さん、知っているかい……」

家主は店番に訊いた。

「さあ、手前も……」

店番は、首を横に振った。

隠居の宗右衛門と薬種問屋『秀霊堂』主の勘三郎の拘わりは浮かばなかった。

「そうか。して、隠居の宗右衛門が頓死してから、呉服屋の越乃屋はどんな様子かな……」

「それが、お得意様や馴染客も減り、商売は余り上手くいっていないって噂ですよ」

「ほう。そうなんだ……」

半兵衛は眉をひそめた。

呉服屋『越乃屋』は客も少なく、手代や小僧は着物や反物《たんもの》の整理をしていた。

半兵衛は、半次や音次郎と店の座敷に通された。

「主の宗助は直ぐに参りますので。どうぞ……」

老番頭は、半兵衛、半次、音次郎に茶を差し出した。

「造作を掛けるね」

半兵衛は笑い掛けた。

「いいえ……」

「処で番頭、店は繁盛しているかな……」

半兵衛は、不意に尋ねた。

「は、はい。お蔭さまでそれなりに……」

老番頭は、微かに苦しげな面持ちになった。

「そうか。そいつは重畳《ちようじよう》……」

番頭は、嘘偽りを云っている。

半兵衛は苦笑した。

「お待たせ致しました。主の越乃屋宗助にございます。北町奉行所の白縫半兵衛さまにございますか……」

「うん。こっちは岡っ引の半次と音次郎……」

半兵衛は頷き、半次と音次郎を宗助に引き合わせた。

半次と音次郎は会釈をした。

「そうですか。で、白縫さま、御用とは……」

宗助は、半兵衛に怪訝な眼を向けた。

「うん。そいつなんだがね、今年の春、急な病で亡くなった隠居だが、その急な病ってのは何かな……」

半兵衛は、宗助を見詰めた。

「は、はい。お医者の玄庵《げんあん》先生の見立てでは、隠居は卒中だろうと……」

「やはり、卒中か……」

「はい……」

「して、宗右衛門はその夜、池之端の水月って料理屋で誰かと逢っていたそうだが、誰か分かるかな……」

「それが、水月の女将さんによりますと、隠居は一人で酒を飲んで帰ったと……」

「一人だと……」

半兵衛は、微かな戸惑いを浮かべた。

「はい……」

「誰かと逢ったんじゃあないのか……」

「はい。女将さんは一人だったと……」

宗助は眉をひそめた。

「そうか……」

「あの、白縫さま、亡くなった隠居が何か……」

「いや。処で隠居は妻恋町に女を囲っていたそうだね」

「はい。おゆりさんですか……」

「うむ。そのおゆり、今はどうしているのかな……」

「おゆりさんは、母を、いえ、お内儀を亡くしてずっと独り身だった隠居にそれは良く尽くしてくれました。それで、妻恋町の家と纏《まと》まったお金を渡して円満に越乃屋との縁を切って貰いました」

宗助は告げた。

老番頭は、宗助の背後で頷いた。

宗助の言葉に嘘偽りはないようだ。

「そうか。処で宗助、隠居は神田鍛冶町の薬種問屋秀霊堂の勘三郎と申す旦那と知り合いだったかな……」

半兵衛は訊いた。

「薬種問屋秀霊堂の勘三郎さんですか……」

「うむ……」

「さあ。私は知りませんが……」

宗助は、背後に控えている老番頭を見た。

「手前も存じません……」

老番頭は眉をひそめた。

「そうか、知らぬか……」

「白縫さま、亡くなった隠居が何か……」

宗助は、不安を滲《にじ》ませた。

「いや。ちょいとね……」

半兵衛は微笑んだ。


半兵衛、半次、音次郎は、宗助に礼を述べて呉服屋『越乃屋』を後にした。

「隠居の宗右衛門さん、一人で水月に現れて酒を飲んで帰りましたか……」

半次は眉をひそめた。

「あっしは御隠居さん、秀霊堂の勘三郎と逢っていたと思っていたんですが、違ったようですね」

音次郎は肩を落とした。

「そいつは、池之端の料理屋水月の女将に逢ってからだ」

半兵衛は苦笑した。

「えっ。ですが旦那、水月の女将さんが御隠居さんは、一人だったと……」

音次郎は眉をひそめた。

「うむ。だから、そいつを見極めに行くんだよ……」

半兵衛は微笑んだ。

不忍池には枯葉が舞っていた。

料理屋『水月』は、不忍池の畔の小径《こみち》の奥にあった。

半兵衛、半次、音次郎は、料理屋『水月』を訪れた。

女将のおせいは、半兵衛たちを座敷に通して茶を出した。

「それで白縫さま、御用とは……」

女将のおせいは、微かな不安を過《よ》ぎらせた。

「うん。今年の春の事なんだが、北大門町の呉服屋越乃屋の隠居の宗右衛門が来たのだが、覚えているかな」

半兵衛は尋ねた。

「はい。御隠居さま、その夜にお亡くなりになったとか、良く覚えております」

おせいは、宗右衛門に同情した。

「その日がいつだったかは分かるかな」

「四月の初めだったと思いますが、詳しくは帳簿を見れば分かりますが……」

おせいは告げた。

「じゃあ、済まないが、帳簿を見て確かめて貰えないかな……」

「はい。じゃあ、ちょいとお待ちを……」

おせいは、帳場から帳簿を持って来て調べた。

「ああ、ありました。宗右衛門の御隠居さま、四月三日の夜、お一人でお見えになっていますね……」

おせいは、帳簿を見ながら告げた。

「四月三日の夜か……」

「はい。宗右衛門、一人で来たのに間違いはないね」

「はい。そりゃあもう……」

「じゃあ、その日の夜の客の中に神田鍛冶町の薬種問屋秀霊堂の旦那の勘三郎はいなかったかな……」

半兵衛は、おせいを見詰めた。

「神田鍛冶町の薬種問屋秀霊堂の勘三郎旦那ですか……」

おせいは、帳簿に眼を落とした。

「うん。どうかな……」

「ああ。お見えですね。勘三郎旦那……」

おせいは、帳簿を見たまま告げた。

「やはり来ていたか……」

半兵衛は頷いた。

「はい。四月三日、秀霊堂の勘三郎さま他二名、都合三人でお見えになっておりますね」

おせいは、帳簿から眼を上げた。

「勘三郎他二人か……」

半兵衛は眉をひそめた。

「旦那……」

半次は、緊張を浮かべた。

「ああ。宗右衛門と勘三郎、同じ座敷にはいなかったが、同じ時に水月にいた訳だ」

「じゃあ、水月にいる間の何処かで二人は逢っていたかもしれませんね」

半次は読んだ。

「ああ……」

半兵衛は、厳しい面持ちで頷いた。

宗右衛門と勘三郎は、四月三日の夜に料理屋『水月』で逢っていた可能性があり、何らかの拘わりがあったのかもしれない。

半兵衛、半次、音次郎は知った。

呉服屋『越乃屋』の隠居宗右衛門と薬種問屋『秀霊堂』主の勘三郎は、どのような拘わりがあったのか……。

「よし。私は薬種問屋の秀霊堂と主の勘三郎の詳しい素性を調べてみる。半次は遊び人の仁吉、音次郎は妻恋町に住むおゆりを見張ってくれ……」

半兵衛は、それぞれのやる事を決めて半次や音次郎と別れ、北町奉行所に向かった。

北町奉行所の同心詰所は、定町廻《じょうまちまわ》り や臨時廻りの同心たちが見廻りに出掛けて閑散としていた。

半兵衛は、吟味方与力の大久保忠左衛門の用部屋を訪れた。

「おお、半兵衛、呼ばれもせずに来るとは珍しいな」

忠左衛門は、筋張った首を伸ばして嬉しげに半兵衛を迎えた。

「はい、ちょいとお尋ねしたい事がありましてね」

半兵衛は苦笑した。

「ほう。何かな、尋ねたい事とは……」

「はい。神田鍛冶町にある秀霊堂と申す薬種問屋を御存知ですか……」

「鍛冶町の秀霊堂……」

忠左衛門は、白髪眉をひそめた。

「はい。主は勘三郎と申す者ですが……」

「秀霊堂の勘三郎か、何処かで聞いた覚えがあるな……」

忠左衛門は、筋張った首を捻った。

「聞いた覚えがありますか……」

「うむ。確か一年程前だったか、大身旗本家で家督争いがあってな。次男が嫡男に毒を盛ったと云う騒ぎがあった」

「毒……」

「うむ。毒は辛《かろ》うじて盛られずに済んだのだが、その時、次男が毒を調達した先が、確か秀霊堂だった筈だ。うん……」

忠左衛門は、筋張った首で頷いて独り合点した。

「その時、秀霊堂と主の勘三郎にお咎《とが》めはなかったのですか……」

「うむ。無事に商いを続けているなら、お構いなしだったんだな……」

「そうですか……」

『秀霊堂』勘三郎は、かつて旗本の家督争いで使われた毒薬を扱っていた。

呉服屋『越乃屋』隠居の宗右衛門の卒中に毒薬は拘わりがあるのか……。

半兵衛は眉をひそめた。


妻恋町の裏通りには、行商人の売り声が長閑《のどか》に響いていた。

板塀に囲まれたおゆりの家からは、三味線《しやみせん》の爪弾《つまび》きが洩れていた。

音次郎は、斜向かいの路地からおゆりの家を見張っていた。

おゆりは、別人のような地味な着物姿で木戸の前を掃除し、家に戻って三味線を爪弾き始めたのだ。

粋な形と地味な着物姿……。

音次郎は、おゆりには地味な着物が似合うように思えた。

神田連雀町の裏通りにある梅の木長屋《うめきながや》には、赤ん坊の泣き声が響いていた。

半次は、木戸の梅の古木の陰から奥の仁吉の家を見張った。

僅かな刻が過ぎた。

奥の家の腰高障子が開き、桜の図柄の半纏を着た遊び人の仁吉が出て来た。

動く……。

半次は、木戸の梅の古木の陰を出て斜向かいの路地に潜んだ。

遊び人の仁吉は、梅の木長屋を出て神田八ツ小路に向かった。

半次は、路地を出て仁吉を追った。

遊び人の仁吉は、神田八ツ小路に出て神田川に架かっている昌平橋に向かった。

半次は追った。

仁吉は、昌平橋を渡って明神下の通りを進んだ。そして、不忍池に行く途中にある妻恋坂に曲がった。

まさか……。

半次は、仁吉の行き先を読んで微かな緊張を覚えた。

仁吉は、妻恋坂を上がった。

半次は尾行た。

仁吉は妻恋坂を上がり、突き当たりの妻恋町に入った。

仁吉はおゆりの家に行く……。

半次は読んだ。


遊び人の仁吉は、妻恋町の木戸番屋を訪れた。

半次は、物陰から見守った。

仁吉は、老木戸番の茂平に何事かを尋ねていた。

老木戸番の茂平は、首を捻りながら何事かを答えていた。

やがて、仁吉は一方に立ち去った。

半次は、老木戸番の茂平に駆け寄った。

「茂平の父っつあん……」

半次は、顔見知りの老木戸番の茂平に声を掛けた。

「おう。半次の親分……」

「今の半纏野郎、何を訊いていたんだい」

「界隈《かいわい》に粋な形の年増はいねえか、訊いて来やがった」

茂平は眉をひそめた。

仁吉は、粋な形の女を捜し続けて妻恋町に辿《たど》り着いたのだ……。

半次は知った。

「で……」

「胡散臭《うさんくさ》い野郎だったので、知らねえと惚《とぼ》けてやったぜ」

茂平は笑った。

「そいつは良いな。じゃあ又……」

半次は、仁吉を追った。

仁吉の桜の半纏が、裏通りに曲がるのがちらりと見えた。

半次は追った。

仁吉は、おゆりを捜し出して何をしようとしているのか……。

半次は、微かな緊張を覚えた。

三

妻恋町は西日に照らされた。

遊び人の仁吉は、擦《す》れ違《ちが》う人たちに何事かを尋ねながら裏通りを進んだ。

粋な形の年増のおゆりを知らないか、尋ね歩いている……。
半次は読んだ。
仁吉は、辻に屯《たむろ》して賽子《さいころ》遊びをしている半端な若者たちに声を掛けていた。
半端な若者の一人が一方を指差し、何事かを仁吉に告げていた。
仁吉は、半端な若者に小粒を渡し、指の差された方に向かった。
何か分かったのか……。
半次は追った。

板塀に囲まれた家の木戸が開き、婆やが顔を出して辺りを見廻した。
どうした……。
音次郎は、斜向かいの路地から見守った。
婆やは、辺りに不審な者がいないのを見定めて引っ込んだ。
そして、粋な形をしたおゆりが出て来た。
出掛けるのか……。
音次郎は見守った。
おゆりは、婆やに何事かを告げて足早に家を出た。

音次郎は、路地を出て通行人を装い、おゆりの後に続いた。

婆やは、おゆりを見送って木戸を閉めた。


僅かな刻が過ぎた。

裏通りに仁吉が現れ、左右の家並みを見ながら進んだ。

半次は尾行《つけ》た。

おゆりの家は此の辺りの筈だ……。

もしそうなら、音次郎が何処かで見張っている筈だ。

半次は、路地や物陰に音次郎を捜した。だが、音次郎の姿は見えなかった。

仁吉は、板塀に囲まれた家の木戸の前に立ち止まった。そして、板塀に囲まれた家を眺めた。

粋な形をした年増のおゆりの家なのか……。

半次は物陰に入り、尚も辺りに音次郎を捜した。

音次郎は、やはりいなかった。

もし、板塀に囲まれた家がおゆりの家であり、音次郎がいないとしたらどう云う事なのか……。

半次は、想いを巡らせた。

おゆりが出掛け、音次郎が追った……。

半次は読んだ。

仁吉は、通り掛かった酒屋の手代を呼び止め、板塀に囲まれた家を示して何事かを尋ねていた。

半次は見守った。

仁吉は、酒屋の手代の云う事を聞いて眉をひそめた。

何かを知った……。

半次は睨んだ。

仁吉は、酒屋の手代に礼を云って別れ、板塀に囲まれた家を厳しい面持ちで見詰めた。

半次は、酒屋の手代を追った。


「えっ……」

酒屋の手代は、半次の見せた十手に戸惑いを浮かべた。

「桜の半纏の野郎、何を訊いたんだい……」

半次は尋ねた。

「はあ。あの家に粋な形をした年増が住んでいるかと……」

「で、何て答えたんだい」

「粋な形かどうかは分からないけど、年増は住んでいると。で、どんな年増だと訊いたので、今年の春に死んだ呉服屋の御隠居さんに囲われていた女《ひと》だと……」

手代は、己《まず》が拙い事を云ったのかと戸惑いを浮かべた。

「それを聞いて、野郎、どうした……」

「急に怖い顔をしましてね……」

手代は、微かな怯《おび》えを過ぎらせた。

仁吉は、粋な形の年増が呉服屋『越乃屋』隠居の宗右衛門の妾だったおゆりだと知った。

半次は睨んだ。

半次は、板塀に囲まれたおゆりの家の前に戻った。

仁吉はいなかった。

半次は、おゆりの家の前の路地や物陰を窺った。

路地や物陰に仁吉はいなかった。

粋な形の年増の素性を知り、薬種問屋『秀霊堂』の主の勘三郎に報せに行ったのか……。

半次は読んだ。

「なんだい、あんた……」

婆やの怒声が、おゆりの家から響いた。

仁吉が忍び込んだ……。

半次は気が付いた。

婆やの悲鳴があがった。

半次は、おゆりの家に走った。

婆やは、着物の胸元を血に染めて居間に倒れていた。

庭先に駆け込んで来た半次が、倒れている婆やに気が付いた。

「どうした……」

半次は、居間に駆け上がった。

刹那《せつな》、隣の座敷に潜んでいた仁吉が匕首《あいくち》で突き掛かって来た。

半次は、咄嗟《とっさ》に躱《かわ》した。

仁吉は、そのまま庭に飛び下りた。

「仁吉……」

半次は怒鳴った。

仁吉は逃げた。

半次は追い掛けようとした。

婆やが苦しげに呻《うめ》いた。

「おい。大丈夫か、しっかりしろ……」

半次は、仁吉を追うのを止めて苦しく呻いている婆やの許に戻った。


神田鍛冶町の通りは神田八ツ小路と日本橋を結んでおり、多くの人が行き交っていた。

薬種問屋『秀霊堂』には、客が出入りしていた。

粋な形のおゆりは甘味処の軒下に佇み、斜向かいの薬種問屋『秀霊堂』をじっと見据えていた。

音次郎は、おゆりを見守った。

「音次郎……」

　半兵衛が現れた。

「半兵衛の旦那……」

「おゆりか……」

　半兵衛は、甘味処の軒下に佇む粋な形のおゆりを眺めた。

「はい。秀霊堂の前に来てもう四半刻（三十分）以上です。きっと、旦那の勘三郎が出掛けるのを待っているのかもしれません」

　音次郎は読んだ。

「うむ……」

　半兵衛は、おゆりを見詰めた。

　おゆりは、思い詰めた顔で薬種問屋『秀霊堂』を見据えていた。

「旦那、何だか危ない感じですね……」

　音次郎は眉をひそめた。

「うむ。音次郎、此処《ここ》にいろ……」

　半兵衛は、その場を立ち去った。

僅かな刻が過ぎた。

おゆりは、薬種問屋『秀霊堂』を見据え続けた。

薬種問屋『秀霊堂』の店内に、羽織姿の初老の男と総髪《そうはつ》の侍が現れたのが見えた。

勘三郎……。

おゆりは、喉を鳴らして背中の帯の結び目に手を廻した。

総髪の侍は、薬種問屋『秀霊堂』の表に出て来て、鋭い眼差しで辺りを見廻した。そして、不審な事はないと見定めて店を振り返った。

薬種問屋『秀霊堂』主の勘三郎が出て来た。

おゆりは、勘三郎を睨み付け、背中に廻した手で帯の間に隠した匕首《あいくち》を握り締めた。

勘三郎は、総髪の侍と共に通りを神田八ツ小路に向かった。

おゆりは、匕首を抜いて勘三郎に駆け寄ろうとした。

刹那、甘味処から現れた半兵衛がおゆりの匕首を握る手を押さえた。

おゆりは驚き、半兵衛を見上げた。

「馬鹿な真似は止《よ》すんだね……」

半兵衛は囁いた。

「放して……」

おゆりは、半兵衛の手から逃れようと身を捩《よじ》って踠《もが》いた。

半兵衛は、音次郎に勘三郎と総髪の侍を追えと目配せした。

音次郎は頷き、勘三郎と総髪の侍を追った。

勘三郎の姿は、行き交う人々の間に見えなくなっていった。

おゆりは、小さな吐息を洩らして全身から力を抜いた。

半兵衛は、おゆりの手から匕首を取った。

おゆりはしゃがみ込み、細い肩を震わせて涙を零《こぼ》した。

半兵衛は見守った。


鎌倉河岸の水面は夕陽に煌めいた。

おゆりは、鎌倉河岸の岸辺に佇んで夕陽に煌めく水面を見詰めた。

「おゆり、どうして秀霊堂の勘三郎を狙うんだい……」

半兵衛は尋ねた。

「白縫さま、秀霊堂の勘三郎は、御隠居さまを殺《あや》めたのです」

おゆりは、怒りと憎しみに声を震わせた。

「御隠居ってのは、呉服屋越乃屋の宗右衛門だね……」

半兵衛は念を押した。

「はい……」

「隠居の宗右衛門は、今年の春、卒中で死んだんじゃあないのかな……」

「違います。御隠居さまは勘三郎に毒薬を盛られて殺されたんです」

おゆりは告げた。

「勘三郎に毒を盛られた……」

「はい。料理屋水月で偶々《たまたま》逢ったように装って……」

「ならば、勘三郎はどうして宗右衛門に毒を盛ったのかな……」

半兵衛は、理由を尋ねた。

「はい。御隠居さまに聞いた処によりますと、秀霊堂の勘三郎は、揉め事のある御大名や御旗本の方々に様々な毒薬を秘かに都合してお金を儲《もう》け、上手くいった暁《あかつき》には、御用達の金看板を貰っているとの事でした……」

おゆりは、覚悟を決めたように告げた。

「揉めている大名旗本に秘かに毒を都合している証拠、あるのかな……」

「証拠……」

「うむ。確かな証拠だよ……」

「それは……」

おゆりは口籠《くちご》もった。

「それは、なんだい……」

半兵衛は、おゆりを見詰めた。

「御隠居さまが知り合いのお目付さまに訴えると仰ったら、勘三郎は余計な真似をすると只では済まないと脅したのです」

おゆりは訴えた。

「そして、宗右衛門は勘三郎に秘かに毒を盛られ、卒中に見せ掛けて殺されたか……」

半兵衛は、おゆりの云いたい事を読んだ。

「はい。御隠居さまは勘三郎に殺されたのです……」

おゆりは、涙を含んだ声を震わせた。

半兵衛は、おゆりを哀れんだ。

おゆりの気持ちは良く分かった。だが、薬種問屋『秀霊堂』勘三郎が、呉服屋

『越乃屋』の隠居宗右衛門に秘かに毒を盛った証拠や理由に確かなものは何一つないのだ。

「おゆり、勘三郎が宗右衛門を殺した確かな理由と証拠は何もない……」

「白縫さま……」

「確かな理由と証拠がない限り……」

「だから、だから私が勘三郎の命を狙い、逆に殺されれば良いのです」

おゆりは、半兵衛を遮《さえぎ》った。

「おゆり……」

半兵衛は眉をひそめた。

「勘三郎に御隠居さま殺しの罪を問えないのなら、私を殺させ、その罪を問うて貰う迄です……」

おゆりは、怒りも昂ぶりも見せず、静かに云い放った。

「おゆり、それ程迄に宗右衛門を……」

「御隠居さまは、苦界《くがい》の泥水を啜《すす》って生きて来た私を哀れみ、優しく救い上げて下さって安穏な暮らしを与えてくれました。十三の歳に親に売られ、いろいろな想いをして生きて来た私が漸《ようや》く手にした静かで穏やかな時でした。私は御隠居さまに感謝しました。御隠居さまに此の身を尽くすと決めました。だから、だから私が……」

おゆりは、夕陽に煌めく鎌倉河岸の水面を見据えた。

半兵衛は、おゆりが死を覚悟しているのを知った。

西日に煌めく水面に木枯しが吹き抜け、幾筋もの小波《さざなみ》が走った。

不忍池に落葉が舞った。

遊び人の仁吉は、不忍池の畔の料理屋の前に佇んだ。

薬種問屋『秀霊堂』の勘三郎と総髪の侍は、落葉の舞う不忍池の畔をやって来た。

仁吉……。

勘三郎と総髪の侍を追って来た音次郎は、仁吉に気が付いて緊張した。

仁吉は、勘三郎と総髪の侍に駆け寄った。

音次郎は見守った。

妻恋町に夕陽が差し込んだ。

半次は、行燈《あんどん》や燭台を集めて火を灯した。

町医者は、行燈や燭台の明かりの許で婆やの胸の刺し傷の手当てを終えた。

婆やの胸の刺し傷は、思ったより深くはなかった。

半次は、微かな安堵を覚えた。

「ま、今晩はそれなりに高い熱が出るだろうが、それを乗り切ればな……」

町医者は、薬を用意しながら告げた。

婆やは眠ったままだった。

「此が熱冷ましと化膿《かのうど》止めの薬だ。ま、大丈夫だと思うが、異変があったら報せをな……」

町医者は、煎《せん》じ薬《ぐすり》を置いて帰って行った。

半次は、木戸迄《まで》出て見送った。

「どうした半次……」

半兵衛が、おゆりを伴って来た。

「はい。遊び人の仁吉が忍び込み、婆やに咎《とが》められて刺しましてね」

「婆やが……」

「ええ。お医者の話では傷は浅く、命は助かるそうだよ」

おゆりは、血相を変えて家に駆け込んだ。

「仁吉がな……」

半兵衛は眉をひそめた。

「はい。で、捕まえようとしたのですが、逃げられました」

「そうか……」

「で、おゆりが何か……」

半次は、半兵衛がおゆりと一緒に来た事が気になった。

「うん。おゆりが薬種問屋秀霊堂の勘三郎を襲おうとしてね……」

半兵衛は、淋しげな笑みを浮かべた。

四

行燈の明かりは、酒を飲む『秀霊堂』勘三郎、仁吉、総髪の侍を照らした。

「そうか。私を尾行《つけ》廻《まわ》す粋な形の年増、宗右衛門の囲われ者だったのか……」

勘三郎は苦笑した。

「はい。おゆりって名前です」

仁吉は告げた。

「それで、そのおゆり、私が宗右衛門に毒を盛って卒中に見せ掛けて殺したと思い、私を尾行廻している訳か……」

勘三郎は苦笑した。

「きっと。ひょっとしたら、旦那の命を狙っているのかもしれません」

仁吉は眉をひそめた。

「隠居の宗右衛門の恨みを晴らすか……」

勘三郎は、嘲《あざけ》りを浮かべた。

「ええ……」

「で、仁吉、おゆりは留守で、見咎めた婆さんに騒がれ、刺したのか……」

「はい。で、気になるのはその時、駆け付けて来た野郎ですが、あっしの名を知っていましてね」

「何……」

「ひょっとしたら、岡っ引が動いているのかもしれません」

仁吉は首をひねった。

「岡っ引だと……」

勘三郎は眉をひそめた。

「ええ……」

仁吉は頷いた。

「さあて、どうするのかな、旦那……」

総髪の侍は、仁吉を一瞥《いちべつ》して勘三郎に尋ねた。

「島崎《しまざき》さん、こうなれば先手を打って始末するしかありますまい……」

勘三郎は、総髪の侍を見詰めて酷薄な笑みを浮かべた。

「うむ。そいつも早ければ早い方が良いかもしれぬな……」

島崎と呼ばれた総髪の侍は、冷ややかな笑みを浮かべた。


夜。

妻恋坂に木枯しが吹き抜け、虎落笛《もがりぶえ》が鳴っていた。

遊び人の仁吉は、桜の図柄の半纏の裾を木枯しに翻《ひるがえ》し、総髪の浪人島崎と一緒に妻恋坂を上がって来た。

妻恋町には、木戸番の茂平の打つ拍子木《ひょうしぎ》の音が切れ切れに響いていた。

仁吉と島崎は、裏通りのおゆりの家にやって来た。

「仁吉……」

島崎は、おゆりの家の板塀の途切れた処にある天水桶《てんすいおけ》を示した。

仁吉は駆け寄り、天水桶に身軽に登って板塀の内側を覗いた。

おゆりの家は雨戸が閉められ、隙間から僅かな明かりが洩れていた。

「島崎の旦那、未だ起きているようですぜ……」

仁吉は、天水桶から飛び下りた。

「未だ起きているか……」

「ええ。どうします……」

「起きていようが、寝ていようが、おゆりは始末するしかない」

島崎は、冷たく云い放った。

「ま、そんな処ですか……」

仁吉は苦笑した。

「よし。ならば踏み込む……」

「はい……」

仁吉と島崎は、天水桶に登って板塀を乗り越えようとした。

呼《よ》び子笛《こぶえ》の音が鳴り響いた。

島崎は怯《ひる》み、天水桶の上から飛び下りて湯島天神に向かって走った。

仁吉は続いた。

半次と音次郎は、斜向かいの路地から現れて追った。

島崎と仁吉は逃げた。

半次と音次郎は、呼び子笛を吹き鳴らしながら追った。

島崎と仁吉は、夜の町を駆け抜けて湯島天神の鳥居を潜った。そして、参道を走り、広い境内の暗がりに消えた。

半次と音次郎は、鳥居の下に立ち止まって暗い参道を透かし見た。

暗い参道には、既に人影は見えなかった。

「くそ。逃げられましたね」

音次郎は悔しがった。

「なあに、逃げたのが、遊び人の仁吉と島崎って勘三郎の用心棒なのは分かっている。半兵衛の旦那に報せて、夜が明けたら必ずお縄にしてやる」

半次は、暗い湯島天神を見据えた。

男の悲鳴があがった。

「親分……」

「境内だ……」

半次は、暗い参道に走った。

音次郎は続いた。


湯島天神の境内は暗かった。

半次と音次郎は、暗い境内を見廻した。

暗い境内の隅に男が倒れていた。

「音次郎……」

半次は、音次郎を連れて倒れている男の処に走った。

「おい。どうした……」

半次は、倒れている男の顔を覗き込んだ。

倒れている男は、桜の図柄の半纏を着た仁吉だった。

「仁吉……」

半次は、戸惑いながらも仁吉に呼び掛けた。

仁吉は死んでいた。

「親分、背中を斬られています……」

音次郎は、仁吉の桜の半纏の背が血に濡れているのに気が付いた。

「島崎の仕業だ……」

半次は、島崎が仁吉から勘三郎を辿られるのを恐れ、口を封じたと読んだ。

遊び人の仁吉は、驚いた顔をしたまま息絶えている。

木枯しが木々の梢《こずえ》を揺らし、虎落笛を鳴らした。


夜明け。

半兵衛は、迎えに来た音次郎と湯島天神裏の根生院《こんしょういん》に急いだ。

根生院には死体を清める湯灌場《ゆかんば》があり、遊び人の仁吉の死体が運ばれていた。

半兵衛は、先着していた半次や湯島天神の下役たちに迎えられた。

「して、仏は……」

「湯灌場です……」

半次は、半兵衛を根生院の片隅にある湯灌場に誘《いざな》った。

湯灌場に運ばれた仁吉の死体は、既に湯灌場者によって清められていた。

半兵衛は、仁吉の死体を検めた。

仁吉は、背中に袈裟《けさ》懸《が》けの一太刀を浴びて死んでいた。

「袈裟懸けの一太刀か……」

半兵衛は傷を検めた。

「はい。他に傷はありません」

半次は告げた。

「かなりの遣い手だな……」

半兵衛は眉をひそめた。

「おそらく、一緒に逃げた島崎って勘三郎の用心棒の仕業だと思います」

半次は睨んだ。

「勘三郎の用心棒の島崎か……」

「ええ……」

「勘三郎、おゆりの処の婆やを刺した仁吉が私たちに捕らえられて口を割るのを恐れ、先手を打ったか……」

半兵衛は読んだ。

「きっと……」

半次は頷いた。

「して、仁吉と用心棒の島崎、おゆりの家に忍び込もうとしていたのだな」

「はい。ひょっとしたら、おゆりを殺すつもりだったのかもしれません」

半次は眉をひそめた。

「うん。仁吉もな……」

薬種問屋『秀霊堂』の勘三郎は、己の身を護る為におゆりと仁吉を始末しろと用心棒の島崎に命じたのだ。だが、張り込んでいた半次と音次郎に邪魔をされ、島崎はおゆりの始末は諦め、仁吉だけを斬り棄てたのだ。

「勘三郎……」

半兵衛は、不敵な笑みを浮かべた。

神田鍛冶町の通りには、仕事場に向かう人たちが忙しく行き交っていた。

薬種問屋『秀霊堂』は大戸を開け、手代や小僧たちが掃除をし、開店の仕度をしていた。

音次郎は、店先の掃除をしている小僧に駆け寄った。

「おう。用心棒の島崎の旦那、いるかな」

音次郎は、島崎と親しい間柄を装って小僧に尋ねた。

「はい。島崎さまならおいでになりますが……」

小僧は、戸惑いながら店を見た。

「そうかい。島崎の旦那、もう朝飯を食べたかな……」

「さあ、そこ迄は……」

小僧は首を捻《ひね》った。

「じゃあ、もうちょっとしてから来た方が無難だな。又来るぜ」

音次郎は苦笑し、小僧の傍から離れた。

神田鍛冶町の木戸番屋は、店先で草鞋《わらじ》、炭団《たどん》、渋団扇《しぶうちわ》、笊《ざる》などの荒物を売っていた。

音次郎は、木戸番屋に駆け込んだ。

木戸番屋には、半兵衛と半次が捕り方たちと待っていた。

「どうだった……」

「はい。小僧の話では、島崎は秀霊堂にいるそうです」

音次郎は報せた。

「よし。先《ま》ずは用心棒の島崎を仁吉殺しでお縄にする……」

半兵衛は告げた。

「旦那、勘三郎は……」

「私たちが島崎を捕らえたらどう出るか、そいつを見定めてからだ」

半兵衛は決めた。

薬種問屋『秀霊堂』は暖簾を掲げた。

半兵衛は、半次を裏手に廻し、音次郎を従えて薬種問屋『秀霊堂』に踏み込んだ。

「此はお役人さま、いらっしゃいませ」

番頭と手代が迎えた。

「やあ。用心棒の島崎はいるな……」

半兵衛は笑い掛けた。

「えっ……」

番頭と手代は戸惑った。

「用心棒の島崎だ……」

「あの、島崎さんが何か……」

番頭は狼狽《うろた》えた。

「番頭、島崎がいるかいないかだ」

半兵衛は、番頭を厳しく見据えた。

「は、はい。旦那さまの処に……」

番頭は震えた。

「よし。案内して貰おう……」

半兵衛は、框に上がった。

薬種問屋『秀霊堂』の奥座敷は、表通りにある店とは思えぬ静けさだった。

「そうか。仁吉は片付けたか……」

勘三郎は、酷薄な笑みを浮かべた。

「うむ。おゆりも早々に片付ける……」

用心棒の島崎は、茶を飲みながら告げた。

「いや。おゆりを捜し廻っていたのも、おゆりの家の婆やに怪我をさせたのも仁吉だ。その仁吉が死んだ今、私に町奉行所の手は届くまい」

勘三郎は、狡猾《こうかつ》な笑みを浮かべた。
「仁吉が死んでも、斬り棄てた島崎がいる限り、そいつはどうかな……」
半兵衛の声がした。
島崎は、素早く刀を取って立ち上がり、襖《ふすま》を開けた。
廊下に半兵衛がいた。
島崎と勘三郎は、思わず怯んだ。
「島崎、仁吉殺しでお縄にするよ」
半兵衛は、島崎に笑い掛けながら座敷に踏み込んだ。
「おのれ……」
島崎は、半兵衛に抜き打ちの一刀を横薙《よこな》ぎに放った。
半兵衛は、素早く廊下に身を引いた。
刀は柱に斬り込んだ。
島崎は狼狽え、柱に斬り込んだ刀を抜こうとした。
刹那、半兵衛は鋭く踏み込み、島崎の鳩尾《みぞおち》に拳《こぶし》を叩き込んだ。
島崎は眼を瞠《みは》り、喉を鳴らし、膝から落ちて前のめりに倒れた。
音次郎は、前のめりに倒れた島崎に捕り縄を打った。

「やあ。お前が秀霊堂の主の勘三郎か……」

半兵衛は、座敷に入って勘三郎に笑い掛けた。

勘三郎は怯え、後退りした。

「は、はい。左様にございます……」

勘三郎は頷いた。

「勘三郎、今年の春、呉服屋越乃屋の隠居の宗右衛門に毒を盛ったね」

半兵衛は、いきなり尋ねた。

「そ、そんな。冗談じゃありません……」

勘三郎は、嗄《しゃが》れ声を震わせた。

「じゃあ何故、島崎に宗右衛門の妾《めかけ》のおゆりの命を狙わせ、使い走りの仁吉を殺させたんだい……」

半兵衛は、勘三郎を厳しく見据えた。

「知らない。手前は何も知りません……」

勘三郎は、必死に訴えた。

「ま、良いさ。仔細《しさい》は大番屋でゆっくり聞かせて貰うよ……」

半兵衛は、冷たく笑った。

勘三郎は身を翻し、障子を開けて縁側から庭に逃げようとした。

縁側に半次が現れ、勘三郎の足を払った。

勘三郎は、悲鳴を上げて縁側から庭に転がり落ちた。

「神妙にしな……」

半次は庭に飛び下り、勘三郎を素早く押さえ付けて捕り縄を打った。

「勘三郎、大店の旦那にしては、叩けばいろいろ埃《ほこり》が舞う身体のようだね。ゆっくり詮議させて貰うよ」

半兵衛は、縁側から庭先の勘三郎を見下ろした。

勘三郎は、肩を落として項垂《うなだ》れた。

「引き立てな……」

半兵衛は、半次と音次郎に命じた。

薬種問屋『秀霊堂』の前には、野次馬が集まっていた。

「退《ど》け、退け……」

捕り方たちが野次馬を退かし、勘三郎と島崎を引き立てて『秀霊堂』から出て来た。

野次馬は騒《ざわ》めき、眉をひそめて囁き合った。

続いて半兵衛、半次、音次郎が『秀霊堂』から出て来た。

不意に男の叫び声があがり、野次馬が一斉に後退りした。

「どうした……」

半兵衛、半次、音次郎は怪訝に前に出た。

粋な形をしたおゆりが血に濡れた匕首を握り締めて佇み、足元に倒れて踠《もが》く勘三郎を憎しみに満ちた眼で見据えていた。

「おゆり……」

半兵衛は、おゆりに駆け寄った。

おゆりの手から血に濡れた匕首が落ち、地面に血の雫《しずく》を散らして跳ね返った。

「音次郎、医者だ、医者を呼べ。半次、勘三郎を死なせるな。必ず助けるんだ……」

半兵衛は怒鳴った。

「承知……」

音次郎は医者を呼びに走り、半次は勘三郎を薬種問屋『秀霊堂』に担ぎ込んだ。

半兵衛は、おゆりを見詰めた。

おゆりの顔には、安堵の笑みが微かに浮かんでいた。

木枯しが吹き抜け、おゆりの後《おく》れ毛《げ》を揺らした。

半兵衛は、おゆりを哀れんだ。


南茅場町《みなみかやばちよう》の大番屋は、日本橋川の流れを背にして建っている。

大番屋の牢は、昼間でも薄暗く冷たかった。

おゆりは、取り乱しもせず冷たい床にじっと座っていた。

「おゆり……」

半兵衛は、牢の前にやって来た。

「白縫さま……」

おゆりは、半兵衛に小さく会釈した。

「おゆり、秀霊堂の勘三郎の命、どうにか助かったよ」

半兵衛は告げた。

おゆりは人殺しにならずに済む……。

半兵衛は、おゆりを人殺しにしたくなかった。

「そうですか……」

おゆりは、安堵も悔しさも見せなかった。

「で、勘三郎、呉服屋越乃屋の隠居宗右衛門に毒を盛った事を白状したよ。尤《もつと》も毒を盛った理由と手立ては、此からだけどね」

おゆりは喜びを微塵《みじん》も見せず、半兵衛に深々と頭を下げた。

当然の事なのだ……。

おゆりにとっては、勘三郎の自供は当然の事に過ぎないのだ。

半兵衛は、おゆりを見守った。

日本橋川に木枯しが吹き抜けたのか、虎落笛が甲高《かんだか》く鳴った。

北町奉行所吟味方与力の大久保忠左衛門は、事の次第を知っておゆりを哀れんだ。

忠左衛門は、呉服屋『越乃屋』隠居の宗右衛門に毒を盛った薬種問屋『秀霊堂』勘三郎と、仁吉を斬り棄てた浪人の島崎源三郎《げんざぶろう》に死罪を申し渡した。

そして、宗右衛門の恨みを晴らそうと、勘三郎を刺して怪我を負わせたおゆりを江戸払いの刑に処した。

〝江戸払い〟とは、追放刑の中でも最も軽く、品川《しながわ》、板橋《いたばし》、千住《せんじゆ》、四《よ》ツ谷《や》などの大木戸と、本所、深川などの内に住む事を禁じる刑である。

「ほう。江戸払いですか……」

忠左衛門にしては軽い裁きだ……。

半兵衛は、忠左衛門に秘かに感謝した。

「うむ。私も誰かのように知らん顔を決め込み、惚《とぼ》けて放免したいのだが、そうもいかぬでな……」

忠左衛門は、細い筋張った首を伸ばし、悔しげに白髪眉をひそめた。

「はい。見事なお裁きかと……」

半兵衛は微笑んだ。


江戸の町に木枯しが吹き抜け、枯葉が舞い散った。

おゆりは、地味な形で江戸の大木戸内から立ち去って行った。

木枯しに吹かれ、僅かによろめきながら……。

半兵衛は秘かに見送った。

虎落笛は哀しげに鳴っていた……。

この作品は双葉文庫のために書き下ろされました。

双葉文庫

ふ-16-51

新《しん》・知《し》らぬが半兵衛《はんべえ》手控帖《てびかえちょう》

招《まね》き猫《ねこ》

2020年1月19日　第1刷発行

【著者】
藤井邦夫《ふじいくにお》

【発行者】
箕浦克史
【発行所】
株式会社双葉社
〒162-8540 東京都新宿区東五軒町3番28号
[電話] 03-5261-4818(営業)　03-5261-4833(編集)
www.futabasha.co.jp
(双葉社の書籍・コミックが買えます)
【印刷所】
中央精版印刷株式会社
【製本所】
中央精版印刷株式会社

【表紙・扉絵】南伸坊
【フォーマット・デザイン】日下潤一
【フォーマットデジタル印字】飯塚隆士

落丁・乱丁の場合は送料双葉社負担でお取り替えいたします。
「製作部」宛にお送りください。
ただし、古書店で購入したものについてはお取り替えできません。
[電話] 03-5261-4822(製作部)

ISBN978-4-575-66976-3 C0193
Printed in Japan